JN197589

ヘリコプターよりも
高く遠くに飛んでいった
たけあき

天宮遥子

Yoko Amenomiya

文芸社

はじめに

私のたった一人の、大切な大切な息子武明が、ヘリコプターよりも高く大空の彼方に飛んで行ってしまいました。

小学校低学年の頃の武明の夢は、宇宙飛行士になることでした。『宇宙戦艦ヤマト』の本や映画を見て、土星と木星に強い関心を寄せていたのです。

高学年になって、アメリカのアクション映画『ランボー３／怒りのアフガン』の戦闘ヘリを見てからは、強くヘリコプターに憧れたのでした。

「俺は将来、二翼の大型ヘリの整備士になる」そう決心して、航空専門学校に入学し、卒業後は第一志望の航空会社に就職したのです。

私は息子が社会人となったのを機に、抑圧されていた結婚生活に別れを告げ、身一つで家を出たのです。幸い、寮付きの看護師の仕事がすぐに決まり、生活費に困ることはなかったのですが、これを機に息子と疎遠になってしまったのです。

十五年の時を経て、やっとの再会に心を躍らせたのも、つかの間、武明は永遠の別れに旅立ってしまったのです。

この地球上から完全に姿を消してしまいました。

「人間は二度死ぬ……。一度目は、その肉体が生命を終えた時。二度目は、この世の中の誰からも思い出してもらえなくなった時」

これは、永六輔さんがラジオで言っていた言葉です。

兄弟もなく、家庭も持たずして天の国に行ってしまった武明は、私が死んだ後、誰が思い出してくれるでしょうか。せめて「第二の死」を迎えるまでの時間を少しでも長くしてあげたいとの想いでこの本を書きました。

私の息子になってくれたことに感謝して、武明に捧げたいと思います。

目次

突然の電話

二〇一四年五月二十八日、二十一時十分、夜の静粛を破り、固定電話のベルが響いた。

いつもなら無視するのだが「今日こそ、はっきり断ってやる！」と、勢い込んで受話器を取った。最近、夜でも頻繁にかかってくるセールス電話に、困惑しきっていたのだ。

「もしもしお母ぁ〜？　武明だけど……」

受話器から聞こえてきたのは、意に反して泣きたいほど懐かしい声。ずっと、ずっと長い間、待ち焦がれていた声。

それは紛れもなくわが息子、武明の声だった。

嬉しくて心が躍ったが、信じ難い言葉によって心臓が凍りついた。

「今日、病院で言われたんだけど、俺、癌かもしれないって！」

武明は続けた。

「しかも、癌ならステージⅣの末期だって！」

「……」声が出ない。

（そんな！　きっとなにかの間違いに決まっている！）そう思った。

「お母～、パソコン見られる？　これからＭＲＩの画像を送るから見てネ！　肝臓のど真ん中に、とてつもなく大きな腫瘍があり、その他に小さな腫瘍がびっしり出来ているんだって！　ＣＴの画

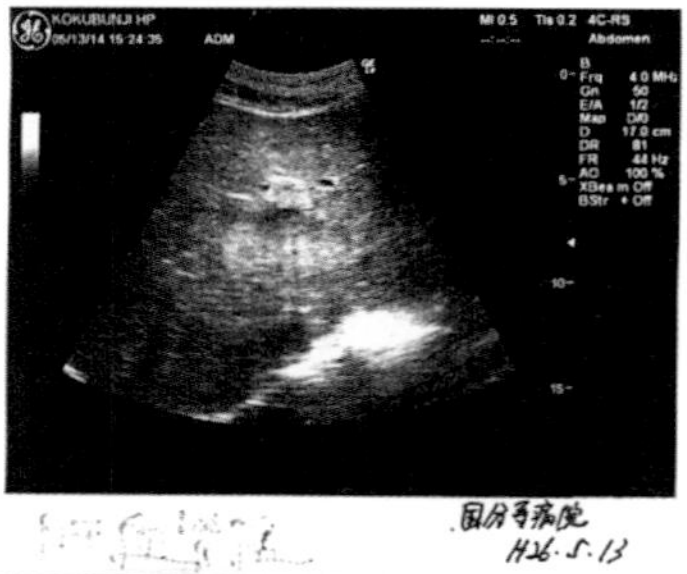

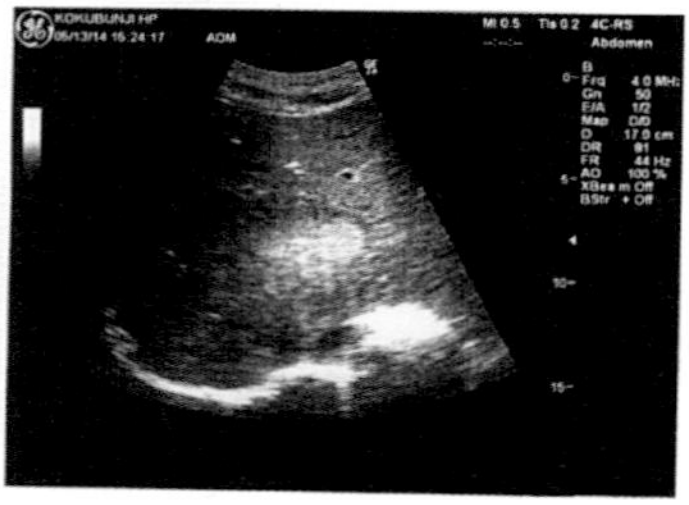

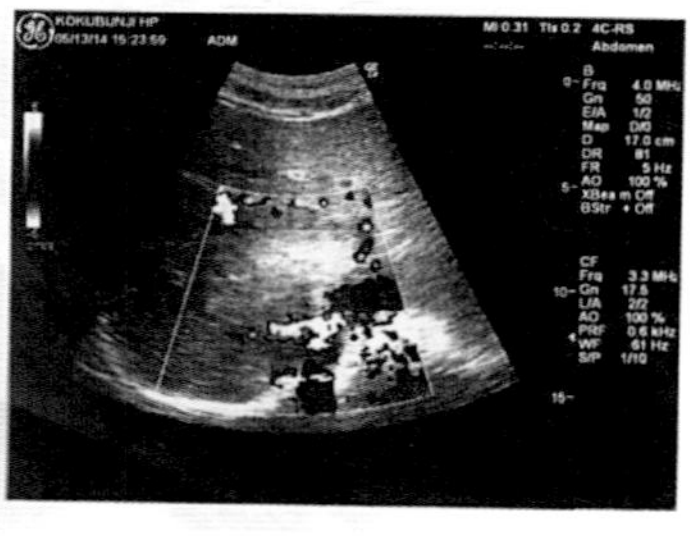

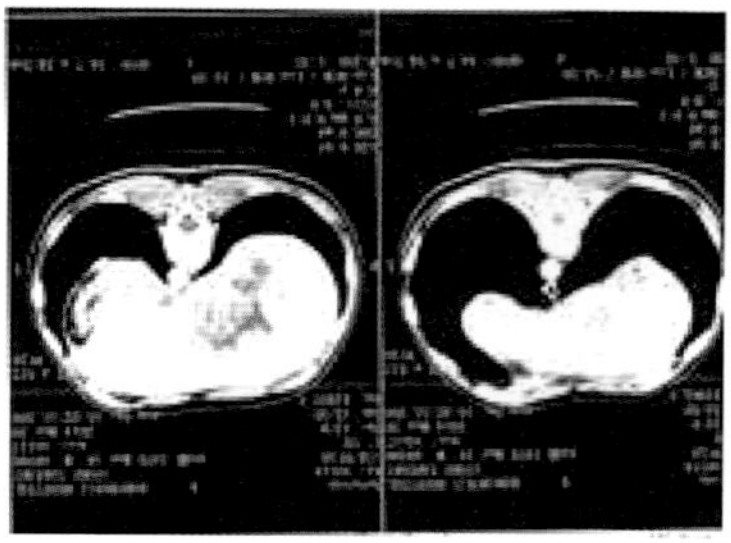

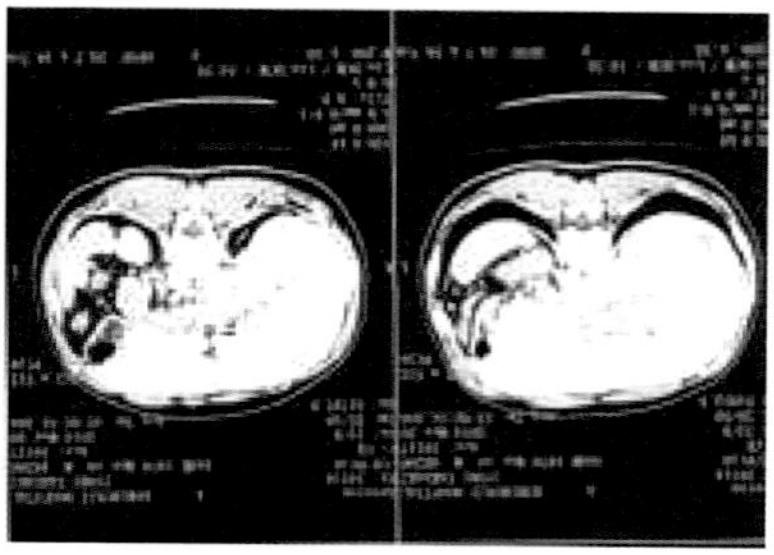

像にも、大きな腫瘍が映っていたよ！」

武明は、まるで他人事のように冷静に言った。

パソコンに送られてきた画像を見て、息が止まった！

解読はできないけど、このただならない画像は絶対に、息子のものではない……。

人違いに相違ない。絶対に人違いだ！　そう思い込んで、フィルムに書き込まれた名前と日付を拡大して丹念に調べた。

が、いくら見直しても確かに息子の名前が記されている。

十五年ぶりの再会

私は、いてもたってもいられず、武明の住所を片手に、前橋駅に向かった。が、

「以前アパートを訪ねて行った時、追い返されたでしょう。もし今回も追い返されたら、知らない町でどうするの？　今日はもう遅いし、彼の了解を得てからにした方がいい

よ！」と、駅まで送ってくれた夛田さんが言った。

「自分の子供じゃないからそんな呑気な事が言える！」むかついたが、堪えた。

すでに午後六時過ぎ、辺りは薄暗くなっていた。

広い東京の、全く知らない武明のマンションを訪ねて行くにはあまりにも心細い。

仕方なく断念して、日を改める事にした。

仕事の区切りを付け、長期滞在の準備を整えて東京に向かったのは二日後。

国分寺市のバス停まで迎えに来た武明の姿を一目見て、激しいショックを覚えた。マスクで覆われた顔は青黒く、頬がこけていた。ジーパンとTシャツ姿の身体は、ガリガリに痩せている。何よりも気になったのは、時々出る軽い咳。いやな胸騒ぎを覚えた。

十五年という長い年月が、こんなにも息子を変えてしまっていた。

成人した息子とは言え、放っておいた自分を激しく責め、悔やんだ。

時計の針を巻き戻したい！　出来るものなら、私が替わりたい！

バス停から徒歩一、二分で、三年前に住み替えたという武明のマンションに着いた。

一階の部屋のベランダに出ると、前には畑の緑が広々と広がり、東京である事が信じられない程閑静だ。

「ターちゃん、すごくいい所だね！」

と言うと、

「お母～、気に入った？」

と、ニコニコして言った。

「前のボロアパートには十二年間住んでいたけど、毎晩ネズミが出て大変だったんだ。もう、少し位ましな所に住んでもいいよね！」

「当然だよ！　全て、タ～ちゃんの力だもの。すごいよ！」

私は心からそう思った。

「この景色、どこかお山に似ていない？　お山のお婆ちゃん家の座敷から見る景色に似ているので、ここに決めたんだよ！」

「そっか、ターちゃんは、お山が好きだったものね！」

二人で群馬県の山間部のお婆ちゃんの家に、思いを馳せた。

そんな！　肝臓癌の末期だなんて……

武明は、体調がここに至るまでの経緯を話し始めた。

平成二十六年二月に、百日咳で入院した上司の感染を受けたらしく、三八度台の発熱と咳が続いた。だが、仕事が忙しくて休むことが出来ず、無理して出勤していた。

その間、耳鼻咽喉科で処方された抗生物質を服用していたが、全く改善の気配がなく、辛い日々だったと言う。

四月に入ってから、どうにもならない倦怠感と鬱状態に悩んでいた。

五月の健康診断の結果、二次検査の必要性を指摘された。

五月二十日、国分寺の病院で肝臓に約十センチ大の腫瘍と無数の小さな腫瘍らしきものが確認されたが、これほど大きいのは癌の可能性が低いと言われた。だが念のためにと、公立の病院を紹介されたとのこと。

五月二十三日と三十日の二日間、各検査を行ったところ、肝臓の状態が非常に悪く、入院して原発性の癌を見つける事になったと、連絡してきたのだった。

落ち込んでいる武明を引き寄せて膝枕をし、赤ちゃんの時のように頭を撫でてあげることしか出来ない。しばらくされるがままになっていたが、突然ガバッと起きあがり、「お母～、〝肝膿瘍〟だなんていい加減なことを言ったよね！　今日、病院で診察してもらったけど、はっきり癌だと言われたよ！」と、険しい顔で睨んだ。

癌ではない事を願い、少しでも希望を持たせようと発した言葉が、かえって武明をドン底に突き落としてしまった。弁解の余地もない。

身体中のエネルギーが、一瞬にして砕け散ってしまった！

気まずい空気を打破しようと、武明がコンビニに昼食を買いに行くと言った。

二人で黙って歩いている途中、武明がポツンと言った。

「お母～、俺と心中してくれるかい？」

不意打ちを喰らって、返答に詰まっていると、

「俺、お山にはしばらく行ってないけど、お婆ちゃんは元気？」

と、話題をかえてくれた。

「元気で、いつも武明の事を心配しているよ」

と言うと、

「もう、何年もお山に行っていないな～」

と、懐かしそう言った。真っ赤に充血した両目に涙が滲んでいる。

可哀そうで胸が詰まり、嗚咽をこらえながら必死に歩いた。

二人とも無言で、ただ歩いた。

怒りの段階

やがて武明は、癌の末期段階という理不尽さをどうしても受け入れられず、何かにつけて怒りっぽくなってきた。

怒りの鉾先は母親の私に向けられ、言動にいちいち難くせをつけてタラタラと文句を言う。

そんな空気にいたたまれず、私は自分を制するためにそっと部屋を出て、近くの森林公園に向かった。ベンチに腰を掛けて、ボーッと悲しい時間をやり過ごした。時々散歩している犬に声をかけ、飼い主と会話をする事で気分が落ち着くと、

「母親なのだからグッと我慢して、どんな言葉も態度も優しく受け止めてあげなければいけないよ！　誰よりも辛くて悲しくて大変なのは、武明なのだから……」

と、自分に言い聞かせてからアパートに戻る日々だった。

だが、どんなに機嫌が悪くても怒っていても、

「レインドロップをする？」

と、オイルセラピーの施術を持ちかけると、

「お願いします」

と、素直にベッドに横たわった。

翌日は、オイルセラピーの大先輩であるセラピストの綾子さんに来て頂き、武明に施術をお願いした。

綾子さんはベッドに仰向けに横たわった武明の足裏に、精神と肉体のバランスをとるためのオイルを塗布してエネルギーを送り続けた。

十分ほどすると、突然、綾子さんが両の目から大粒の涙をポロポロこぼしながら言った。

「なぜ、そこまで自分に厳しいの？　可哀そうに！」

「辛かったわよね！　こんなになるまで我慢して！」

「寂しかったわよね！　一人で我慢しなくても〝辛い〟と言えば良かったのよ！」

と言いながら武明を抱きしめて泣いた。

そして彼女は、大きな目で空を見つめ、誰にともなく言った。

「この人は、沢山の人を助けているのね！　ものすごく〝徳〟を積んでいますね！」

と言いながら、更に涙を流した。

セラピー終了後、

「でも〝癌〟とは違うような気がするの」

と言った。

一連のテクニック終了後、

「お母～。あの人ものすごいね！　手の平から、グワーッと凄いパワーが伝わって来たよ！」

武明が言った。

六月十日　公立Ｋ病院に検査入院

午後五時、主治医のＡ先生と面談し、各種精密検査の結果を聞いた。

「各検査の結果、肺にも小さな腫瘍があり、肝腫瘍が悪性であれば癌の進行度はレベルⅣで、外科手術も抗がん剤も不可能です」

「原発はどこなのでしょうか？」

「特定できないため、明日ＥＲＣＰ（内視鏡的逆行性胆道膵管造影法）を行い、次に肝生検を行います」

「例えば新医療の重粒子や免疫療法などはできるでしょうか？」

「全て出来ません！」

切れ味の鋭い剃刀のように、冷静で無表情で、温情のかけらも感じられない医師の返答。十分もしないで、「次の予定がありますから」と、そそくさと席を立ち、部屋を出て行った！

「大病院の医師は、血の通っていない機械人間なのか！」

悔しさがこみ上げた。

何としても助けたい！

連日つらい検査が続き、エコー検査によって腹水の貯留を知らされてしまった。

今まで気丈にふるまってきた武明も、さすがに食欲がなくなり、「毎晩悪夢を見るんだよ！」と訴える。

真っ暗な闇の中で、セカンドオピニオンを探しても見つからず、何を探せばよいのかそれも解らず、もがいてうなされた……。

誰だか解らないけれど、『お前はもう死ぬんだ！』と、何度も言われたと……。

可哀そうで、慰めの言葉など何処を探しても見つからない。

毎日病院に通って、ひたすらエッセンシャルオイルでマッサージをしてあげる事しか出来ない。マッサージだけは、素直に「気持ちがいいよ！」と喜んでくれた。

セラピーの最中、

「お母ぁ〜、俺、死ぬなら前橋で死にたいよ」

武明が天井を見つめて静かに言った。

私はショックで委縮してしまった声帯を無理矢理こじ開けて、

「前橋に帰ろうね！」

と絞り出した。

そして、改めて「私が絶対に武明を助ける！」との思いを強くした。

私は、この十五年間にわたり、アメリカのコンベンションで世界最古の天然薬であるエッセンシャルオイル（精油）の勉強をしてきた。

スピーカーの一人であるオマーンの医師M・S博士は、多くの末期癌の患者にオイルを使用して、良い結果を得られた臨床体験を話された。

M・S博士の講義は三回聞いており、「私が癌になったら、絶対にフランキンセンスで治療しよう」と心に決めていたのだ。

「よしっ、武明を連れてオマーンに行く！」

私はそう決めた。

突然退院を迫られた！

六月十七日。

マンションで洗濯物を干していた私は、「この病院から追い出された！」との武明の電話に驚き、武明の愛車を運転して病院に駆けつけた。

聞けば、昼食摂取中に、突然主治医とサブの女医先生が現れ、面談室に呼びだされて退院を申し渡されたとの事。

「今後この病院で治療を受けない方針であれば、すぐに退院した方がよい。まだ病理の結果も解らず、このままダラダラしていても仕方ない。肝生検の結果も何時になるか解らず、これによって確定診断が出来るかどうかも解らない。転院先の先生に今までのデータを送るので、その先生に判断してもらうか、または検査のやり直しもある。とにかく早く退院した方がよい」

故郷の群馬に帰りたい旨を伝えた事に対する、返事だった。

武明は、この突然の宣告をたった一人で、どんな思いで聞いていたのだろうか。

確かに医師の言う通りだけれど、余りにも、思いやりの心が欠如している。

食事中の息子の所に突然二人の医師が来て、こんな冷酷な退院命令を伝えるとは。

巨大病院の内科部長と言われている医師に、強い憤りを感じた。

すぐに受付に行き、医師との面談を求めたが、「忙しい……」との理由で拒否された。

「そんなモノさ！」泣きたい気持ちで病室に戻り、退院の支度にとりかかった。

少しの荷物と、重い気持ちを引きずって、武明のマンションに戻った。

ベランダに出た武明は、

「あぁ、この部屋の契約も、先月更新したばかりなのにな～」

深い溜息を吐きながらつぶやき、遠くの森を涙目で見つめている。そして、

「俺、お母～の家に行ってもいい？」

ポツリと言った。

「もちろん！　あの家はターちゃんの家だよ！」

まず群馬に帰り、とりあえずエッセンシャルオイルに理解のあるO医師に相談する事に

した。

癌に限らず、末期状態の患者さんがベッドの上で数本の管で繋がれ、薬漬けの肌は褪せて、うつろな目でただ天井を見つめている。そんな多くの人達を目の当たりにしてきた私は、どうしても息子をそうさせたくなかった。

故郷の前橋に帰る

この小さな二階建ての家は、十五年前に私が必死で買った中古住宅。

両親の離婚により、帰る家を失った武明が、

「あぁ～俺、もう帰る家が無くなっちゃった！」

とつぶやいた声を聞いて、心が痛んだ。

「よし、あの子のために家を買う！」

そう決心して物件探しに奔走し、ローンを組んで働き詰めで買った家。だが、

「今年のお正月は帰ってくる！」

「今度のお盆こそ、来るかもしれない！」

と、毎年首を長くして待ち続けたが、これまではついに一度も来ることはなかったのだ。

長い年月を経て、やっと、この家の敷居をまたいでくれた。

「お世話になります」

と律儀に言う武明に、

「これは武明のために買った家。武明の家なのだから、遠慮することはないよ！」

と言いながら二階の部屋に案内した。

武明は小さい時から、二階に住むのが好きだったから……。

部屋に入ると、

「お母～は、絵を描くのが好きだったよね！」

と言いながら、荷物の中から黒いケースを取り出した。

「これは、お母～にプレゼントしようと思って、ずっと前に買っておいた画材セットだよ！　なかなか渡すチャンスがなくて、今になってしまったけれど、使ってね！」

と、私に手渡してくれたのだ。

(何て優しい子。ずっと離れていても、私の事を思っていてくれたのだ……。それに引き換え、私は武明のために何をしてあげたのだろうか……)

会えない淋しさから、

「男の子だから、何時までも母親がベタベタ引っ付いていたらお嫁さんがもらえない……」

なんて理由付けして、会いに行かなかった！

否、遠い過去、会いに行って追い返された事があった。臆病になっていたのだ！

電話をかけても、手紙を出しても全く応答なしになってしまった息子に、ここまで嫌われているのかと悲しみ、恐れを抱いていたのだ……。

会えない淋しさに耐え兼ねると、通勤途中の車の中で「タ～ちゃ～ん！」と大声で叫び、大泣きをして悲しみを発散させていた私。

やがて泣き疲れて、

(この地球上のどこかで、同じ空の下の空気を吸い、生きていてくれるだけで有り難い)

と思い、自分を慰めていたのだ。

死への回避を模索

翌日、主治医となってもらうべく、O内科を受診した。

医師は、持参した紹介状や検査資料に目を通した後、

「胸部のX線検査と血液検査をもう一度やらせて下さい」

と言った。

そして三十分後、名前を呼ばれて診察室に入ると、医師がいきなり深々と頭を下げて言った。

「すみません。僕の力では治してあげる事は出来ません。申し訳ないです」

私も武明も唖然として言葉が出ない。

私が、

「では、どこか良い病院を紹介していただけますか」

と言うと、

「この段階で引き受けてくれる病院は、まずないと思います。G大学病院ならば入院させてもらえるかも知れませんが、おそらく放射線を使われます。僕は紹介したくありません。ホスピスであれば、信頼のおける所を紹介出来ます」

と、気の毒そうに言った。

私は気を取り直して、

「M先生をご存じでしょうか?」

私は以前、医療学会で講義を受けた事のあるホリスティック医療の高名な先生の名前を言った。

「知っています。あの先生なら経験も豊富ですので、良いと思います」

と言って、すぐに紹介状を書いてくれた。

ああ、武明はここでも見放されてしまったのだ!

六月十九日、午後二時。

O先生からの紹介状を持って、予め予約しておいた東京のクリニックを受診した。

既に八十歳を超えている医師は、診察後、

「あなたを前にして、とても言い難いのですが、もう回復の見込みはありません」

淡々と言った。

言葉を失ってうつむく親子に、憐れみを感じたのか漢方薬とホメオパシーの薬を三十日分処方してくれた。

インターネットで調べた免疫療法について聞くと、

「信頼できる先生がいます」

と言って、飯田橋の有名と言われる病院に紹介状を書いてくれた。

オマーンの医師に連絡

オマーンの医師　M・S博士は、エッセンシャルオイル療法の権威。

武明が〝末期癌〟と言われた時から、どうしても診てもらいたいと願っていた。

オイル会社の日本支社長のS様は、M・S博士の友人であるガスクロマトグラフィーのスペシャリストC・W博士に〝重要度高〟でメールを送ってくれた。

英語が堪能な綾子さんは、私が最も信頼し、尊敬するオイル会社の創立者であるDr・Gさんに何度も連絡を取ってくれたが、世界中を駆けまわっているため、連絡が取れなかったとのこと。

そして待ちに待ったオマーンからの返事が来たのは一週間後。

だが悲しい返事だった。博士は、ロタウイルスに感染して入院中のため、受け入れられないとのことだった。

エクアドルのクリニック

あまりの運の悪さにショックを受けたが、落ち込んでいる場合ではない。

オマーンでの治療が絶望ならば、遠いエクアドルのNクリニックに行くしかない。改めて、また多くの人達に協力をお願いした。

そして、いつでも出発できるよう手続きを急いだ。

まず、武明のパスポートを取らなければならない。

「お母～、俺、まだ一度も海外に行った事がないんだ！　パスポートさえ持っていないよ！　会社の同僚は皆フランスに行かせてもらっているのに、俺だけはまだ行っていないんだ！」

この言葉が可哀そう過ぎて、胸に焼き付いていた。

私の頭の中のどこかに（武明はもう死んでしまう）との思いが潜んでいて、武明の望みを叶えてあげたいと強く思ったのだ。

（死ぬ前に、何としても武明の願いを叶えてやろう。パスポートを取得して、外国の地に立たせてあげよう）。悲壮な思いで決心した

癌末期の患者を飛行機に乗せて、しかも日本の裏側まで行くなど、狂気の沙汰と、承知しながら……。

武明がこの航空会社に入社した理由の一つは、フランスで大好きなヘリコプターの研修をさせてもらえる事。その日を夢見て死に物狂いで勉強をして、整備の最上級ライセンスを目指していたのだ。

会社のレスキュー隊に入り、山岳救助も行っていた。

組合の委員長になって、良い会社にしようと、皆を牽引していた。

忙しい合間を縫って、寝る間も惜しんで、英語やフランス語の勉強もしていた。

一ヶ月前は、癌のステージⅣとは知らず、だるい身体に鞭打って徹夜をしながら墜落したヘリコプターを修理しきったという。本来ならば、三ヶ月以上かかるところ、社長に頼まれて二ヶ月で修理しきったと言っていた。

その間、休養もせずに働き続け、そして力尽きたのだ。

「エクアドルに行って、エッセンシャルオイルの治療をしたら、きっと良くなる。元気になったら、二人で全国をまわり、病気で苦しんでいる人の手助けをしようね」

オイルの心地よさを知っている武明が言った。

「絶対に復活する！」を合言葉に、親子で明るい未来を本気で語り合った。

「受け入れOK」の返事が来ない！

受け入れの要請をしてから、もうすぐ一ヶ月になるのにまだ返事が来ない。

その間、エクアドルのNクリニックで、乳癌の治療を受けて元気になったHさんは、何度も何度も、メールで受け入れを要請してくれた。

腰椎ヘルニアで歩く事も出来なかったKさんも、エクアドルで良い結果を得たため、親しくなったNクリニックの事務方に、電話やメールで受け入れを催促してくれた。

この間、カルフォルニア大学のH・R博士が特別に送ってくれたエッセンシャルオイル療法のメニューをこなしながら、漢方薬とホメオパシー、フォトンドームによる温熱療法、日本のＨ医学博士お奨めのホルミシス・シートを使用。

有機人参ジュース、水素水、〝命の水〟を飲用する等、良いと言われる情報を全て取り入れ、一日のプログラムを作成して忠実に実行した。

でも悲しいかな、各療法の変化は感じられず、腹部は日に日に大きく膨張して、肋骨が極端に浮き上がってきた。

一時潜んでいた咳も、わずかに残っているエネルギーの消耗を加速させるかのように連続して出るようになった。

すがる思いで見てもらった霊能者の人達は、

「この星の人は、まだ落ちる運命にない。ギリギリのところで急旋回して回避します」

とか、

「大丈夫です。癌ではないかもしれません！」

と言ってくれた。

かつて私は、占いに頼る人の気持ちが分からなかった……。

しかし今回、「良い」と言われるどんなものをも、信じて、試して、「奇跡を起こしたい！」という思いでいっぱいだった。

おじさんだよ！　おぼえておいてね！

武明は、お腹だけが膨張している自分の姿を鏡に映しては、やるせない思いに打ちひしがれていた。

一人ベッドに横たわり、時々メールやパソコンでゲームをしていたが、唯一ストレスを発散させられるのは〝母親に当たる〟事だったのかもしれない。

私の〝一挙一動〟に難くせをつけては当り散らしていた。

そんな折、姪の由紀がターちゃんに会わせたいと、生後八ヶ月になる赤ちゃんを連れてお見舞いに来てくれた。

そして、「ほら、お兄ちゃんに抱っこしてもらいな！」と、赤ちゃんを武明の両膝に載せた。

その子は人見知りせず、武明に抱っこされてニコニコと笑顔を見せている。

武明は、

「おじさんだよ〜。ずっと覚えておいてね！」

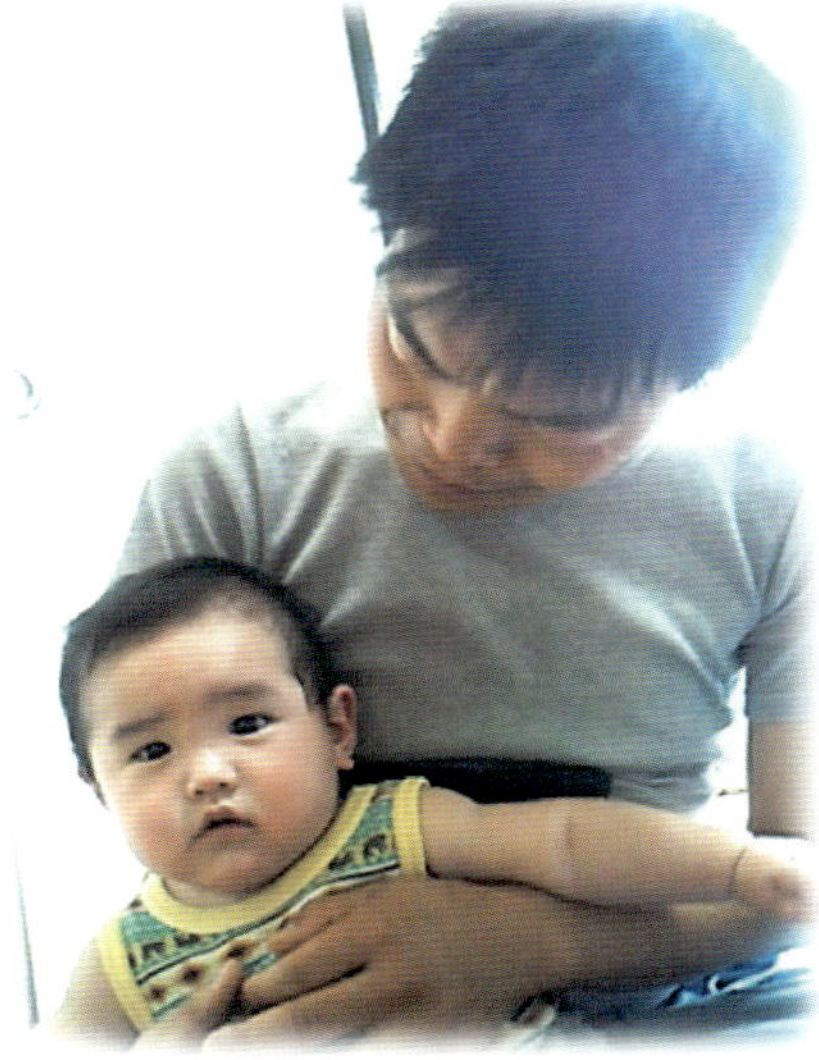

と寂しそうに話しかけながら、「可愛い、可愛い」と長い間、膝から離そうとしなかった。
二人が帰った後、無理して赤ちゃんを抱っこしていた武明は、崩れるように倒れてしまった。
そして力ない声をふり絞って言った。
「お母ぁ〜、あの子にミルクをいっぱい買ってやって下さい。俺がお金を出します」

　自分の子供を持つ事は叶わない……との悲壮な想いが伝わってきて、また心臓に強烈な痛みが走った。

やっとOKの返事が来た！

　免疫療法を受けるべく東京の病院に検査に通い、三日後に免疫療法を控えていた時、エクアドルのNクリニックからの受け入れOKの返事が届き、前払い金八百ドル（８２６，５６６円）を支払うようにと記されていた。

　すでに支払った、免疫療法の申し込み金３７８，５８４円は無駄になるが、ためらうことなくキャンセルし、一縷の望みをかけてエクアドルへ行くことにした。

　滞在三ヶ月を見込み、「良くなったら、ガラパゴス諸島に寄って来ようね！」と二人で夢を膨らませた。

「お前の息子は、もう癌の末期だよ！　死んでしまうのだよ！」と、悪魔のささやきが聞こえたが、強引に心の奥底に押し込んで、荷物造りにいそしんだ。

癌は、既に全身を蝕んでいる事など無視し、「絶対に治る！」と、ひたすら信じた。

何と、毎年アメリカで開催されるインターナショナル・グランドコンベンションに、いつも一緒に参加していた絹さんが、エクアドルに同行してくれると言ってくれた。

英語が苦手な私にとって、まさに救いの神。

航空券やホテルの手配等も全て、着々と準備を進めてくれた。

他、多くの人達から助け船を出してもらい、勇気百倍。

武明は、エクアドルで治療する旨を、会社や親しい友達宛に連絡していた。

すると、大きな反響があり、メールのやりとりに明け暮れた。

会社社長の声掛けにより、本社と各支社の皆さんから「頑張れイヨク！」と題した、感動のメッセージ集が送られてきた。

これ程多くの人達が、声援を送ってくれている。私は、武明が決して孤独ではなかった事にホッとした。多くの人達から慕われていたことが伺える。

愛する仲間達とのメール

Aさんより

ｙｏｓｈｉだよ～！

イヨちゃん！　俺が点検整備でめちゃくちゃブルーになってた時、いつもイヨちゃんが喝を入れてくれたじゃんかよ～！

あのお蔭で、今の俺達がいられたんだと感謝してるんだぜ！

あのガッツがあるんだから、どこの空の下でも大丈夫だよ！

またメールするからね！

武明より返信（7/22　17:47）
よっちゃん、応援ありがとう。
あの頃は、同期なのに偉そうにしてごめんね～
それと、せっかく会いに来てくれる計画を断ってごめんなさい。
沢山の人から応援してもらって、私は幸せ者です。
よっちゃんの言う通り、何より自分にガッツがないと病気は治らないそうです。
皆のパワーをもらい、自分の活力源を見つけて、ガッツを出します。
優しいよっちゃん!!　本当にありがとう。

ＫＳ様より（7/15　17:29）
群馬も暑いよね！
イー君のお蔭で、７６９Ｂは八丈で元気に飛んでいます。
三月の７６の点検では大変無理をさせて申し訳なかったな。
辛かったよな、ゴメン！

早く元気になって、また一緒に仕事をするぞ!!
みんな、イー君の味方だ！　病気に負けるな！

武明返信

Ｋアニキ、メールありがとうございます。うれし涙が出ました。
７６９Ｂが元気に飛んでいると聞いて安心しました。
本当に突然の事で、皆さんにご迷惑をおかけします。
皆さんが「頑張れ！」と応援してくれていると聞いて、力が湧いてきました。
また皆さんと楽しく仕事をする日を目指して、リラックスしながら治療していきます。
Ｋアニキも体調を崩さないようご自愛下さい。

Ｍさんより

イヨクが休んでいると、〝ポッカリ穴があいた〟状態だ！
仲間がいないと、やはり淋しいです！

ともかく病気に負けないで下さい！

武明　返信（7/16　13:58）
Mさん、お久しぶりです。
メールをありがとうございました。
昨日もKさんからメールを頂きました。
職場の仲間からの励ましは、嬉しくて涙が出てきてしまいます！
突然このような事になってしまい、
同僚の皆さんには大変ご心配をおかけしている事と思います。
また皆さんと仕事ができるように、リラックスしながら治療していきます。
皆さんによろしくお伝えください。

S様より（7/19　10:40）
イヨクう〜。むっちゃ応援しとるし、外国、気いつけて行って来てな！

「勇気百倍、病気なんかアンパンパンチやでぇ」ほな、またな！

ちびっこのヒーロー〞アンパンマン〟より

武明より返信（7/20　18:56）

返事、遅れてすいません。昨日は、ちょっとへたばっていました。

Sさん、応援してくれてありがとうございます。

何より皆さんの応援が私の力になります。

今一つ自分自身の病気を治そうという力が湧いてこないので、Sさんのパワーを頂きます。ありがとうございました。

K様より（7/20　21:08）

イ～君、身体の調子はどうですか？

今月末（多分三十一日）にA君と休みが重なるので、そちらに遊びに行こうかと思っているのですが、何か予定は入っていますか？

武明の返信（7/20　21:38）

大変ご心配をおかけしております。

現在、母の家で自宅療養をしています。

今月の二十五日にエクアドルにエッセンシャルオイルを使用する治療に行きます。これに賭けます！　なので、ごめんなさい。

三十一日は折角ですが会えません！

Aちゃんと応援してね！

今一つ病気に押されて活力が湧いてこないので、皆と楽しい会話ができる日をイメージして頑張ります。

K様より（7/20　21:56）

エクアドルだって！　南米か？　スペイン語だっけ？

挨拶くらいはできるようにしておかないとナ！

二十五日に出国なら三十一日ではダメだな！　二十五日前ならもしかしたら、Aと別々なら会いに行けるかもしれないから、調整してみる！

武明の返信（7/21　10:16）

会いに来て下さると言うお気持ちは、大変うれしいです。

エクアドル行きの話は、受け入れＯＫの返事がないため、諦めかけていたところ、急にＯＫの連絡が入って決まったのです。

準備に余念がないのと、体調に変動があり安定しないので、移動日まで体力を温存したいのです。

本当は、同期、同僚と会って元気を出したいところですが、今の面会は厳しいです。ごめんなさい！

あちらに行ったら、母と点検整備課長とでメールや携帯で連絡をとる事になっています。

詳細は課長から聞いて下さい。

ご厚意を断り本当に申し訳なく、皆さんによろしくお伝えください。

K様より（7/21　10:32）

体力温存なんだな！　了解！　Aにも伝えておきます。
出発前にまたメールします。
そうそう、Sさんの件は聞いているのかな？
イヨクが頼まれた件は済んでいるから心配しないでナ。
相変わらず元気なお父ちゃんだったよ。　また連絡するよ！

武明より返信（7/21　14:17）

本当にご厚意を断り、申し訳ない！
よっちゃんにもよろしくお伝えください。
Sさんから頼まれていた事、引き受けてくれてありがとう。
お父さん、元気そうでよかったです。
移動するまでメールOKです。　よろしくネ〜。

T様より（7/21　18:21）

お久しぶりです……って変ですけど……めちゃ変ですよね！

今日、Ｋさんから海外行き聞きました。

本心は、「ついさっき迄、一緒に仕事をしていたのに……何？　何？　何？」って感じです。応援してます!!

まだ、約束の〝メジナ〟食ってないっす！

醤油さしてワサビおろして、待ってますから〜！

武明より返信（7/21　10:16）

Ｔさん、一番元気の出るメールです。

やはり私が見込んだ、一番大好きな後輩です。

さて病気の事は自分でも驚きですが、それ以上に同僚の皆さんが驚いていると思います。

本当に心配をかけてごめんなさい。

病気を治すには、何よりも本人が生きる希望を持つことが重要だそうです。今一それがイメージ出来ませんでしたが、大好きな磯釣りをして、大好きな仲間に魚を食べてもらいたい（もちろん、Tチーフが一番だけど）と、いう思いを強く持ちたいと思います。頑張るよ!! 皆の応援を力に変えて……。

T様より（7/21　20:04）
早速の返信ありがとうございます。
自分やったらと思うと、涙も出るし凹むと思います。
しかし、わかったふりするなよ！　っても、思っています。
スンマセン。
会社は相変わらずです。
過去と今しか見ん奴は〝あかん奴〟と思ってます。
どんな明日を創るかが、自分って思ってます。
来シーズンの〝メジナ〟待ってますね！
帰ったら〔和歌山防災フィッシングツアー〕でも組みますか～

待ってますね！

武明より返信（7/21　20:50）

同じ志を持った仲間と結束して、良い会社にしましょう。

整備には立派な人材がいます。

Tチーフは、そのトップとして活力ある組織を作りましょう。

俺も来シーズンの、和歌山磯釣り大会に向けて頑張ります。

NK様より（7/23　10:02）

リラックスして頑張れ！

もうすぐ海外で治療だと聞いたぞ。頑張れ！

最近テレビで見たが、自然治癒力はリラックスしている脳から分泌される物質で、〝病は気から〟は本当で、治るらしい。

元気な姿で戻って来いよ！

武明より返信（7/23　11:55）

ＮＫさん！

ご心配をおかけします。

エクアドルのクリニックは病院っぽくなく、きれいで非常にリラックスできる環境だそうです。

あとは自分がリラックスして、治る意識を高めたいと思います。

ＮＫさん！　応援ありがとうございます。頑張ります。

Ｂ様より（7/23　10:08）

イヨク！　待ってるからな！

武明より返信（7/23　12:02）

Ｂさん！　ありがとうございます。

うれしいお言葉です。また一緒に仕事がしたいので頑張ります！

○様より

イヨちゃん、たまげたよ！

陸の孤島、花巻には情報は届いていなくて……

今朝、貴方のメールを見て状況を察しました。

群馬は暑いかな？

花巻は梅雨もあけてなく、ちょっと蒸し暑いですよ！

その体調では釣りも行けてないだろうね！

自分もヘラ釣りもボチボチです。

最近後輩から鮎が面白いと誘われていて、いろいろ情報を集めている状況です。

「来年あたりチャレンジしてみたいな」と思っています。

イヨちゃんサ～、エクアドルで是非良くなってさ～、鮎やってみないかい？　一緒に始めてみようよ！

こんな励まししか出来なくてごめんね！

イヨちゃんとまた飲みたいしさ、必ず克服して帰ってきてね！

励ましのメールとかいっぱい来ているだろうから気を使って、返信くれなくて大丈夫だからね！

見送りには行けないけど、明日、花巻の神社で祈願して、イヨちゃんにパワーを送るから受け止めてね！　元気になって!!

待ってるから！

武明より返信（7/23　15:08）

Oさん
大変ご心配をおかけしております。

病気を克服するには〝夢と希望を持つ〟ことが大切のようです。

Oさんと、ヘラや鮎釣りをすることを夢見て頑張ります。

神社にお参りして下さるのでしたら、遠慮なくパワーを頂きたいと思います。ありがとうございます。

また会いましょう。

ＫＯ様より（7/23　21:18）

オイ！　ＫＯ様だ！

さっき聞いた。

何も出来ん！　帰ってこいよ！

武明より返信（7/23　21:26）

さっき、テレビを見てたらＫ消防ヘリが映ってた。

しばらく療養のため会えないが、戻って来るまで待っててくれ!!

ＩＴ様より（7/24　11:11）

ご無沙汰！

奈良県からＩＴです。

気楽に行ってこい！　奈良で待ってるから！

武明より返信（7/24　14:52）

ＩＴさん、ありがとうございます。
病院は、非常にリラックスできる所だそうです。
ＩＴさんと奈良で働くのもいいですね(^O^)v

ＡＲ様より（7/24　18:15）

イヨク君の体調の事は、最近知りました。
海外で治療することも、昨日聞きました。
良くなって帰って来たら、一緒に仕事をしよう。楽しみにしている。

武明より返信（7/24　18:41）

ＡＲさんご心配をおかけします。
メールを頂き、大変うれしく思います！
また楽しい現場でＡＲさんと一緒に働けるように頑張ります。

AR様より（7/24　18:47）

了解！

G防災で一緒に緊急運行出動しよう。

武明より返信（7/24　18:52）

元気出ました！

元気のないグンマーのためにも復帰します！　よろしくお願いします。

SH様より（7/25　6:18）

イヨク君、おはようございます。

間に合ってよかった

パリで、アロマオイルマッサージを受けた事があり、快感でした。

リポート　待っています。

気を付けて行ってらっしゃい。

仙台にて

武明より（7/25　6:23）

SHさん

ちょうど今、群馬を出発するところです。

ほんとうにありがとうございました。行ってきます！

OT様より（7/25　10:39）

イヨちゃん！『OTさん、あの時はさぁ～』って呑みながら話してくれよな！

今もパワーを送ったからね！

他国でもイヨちゃんの心が癒されるよう、パワーを送った神社

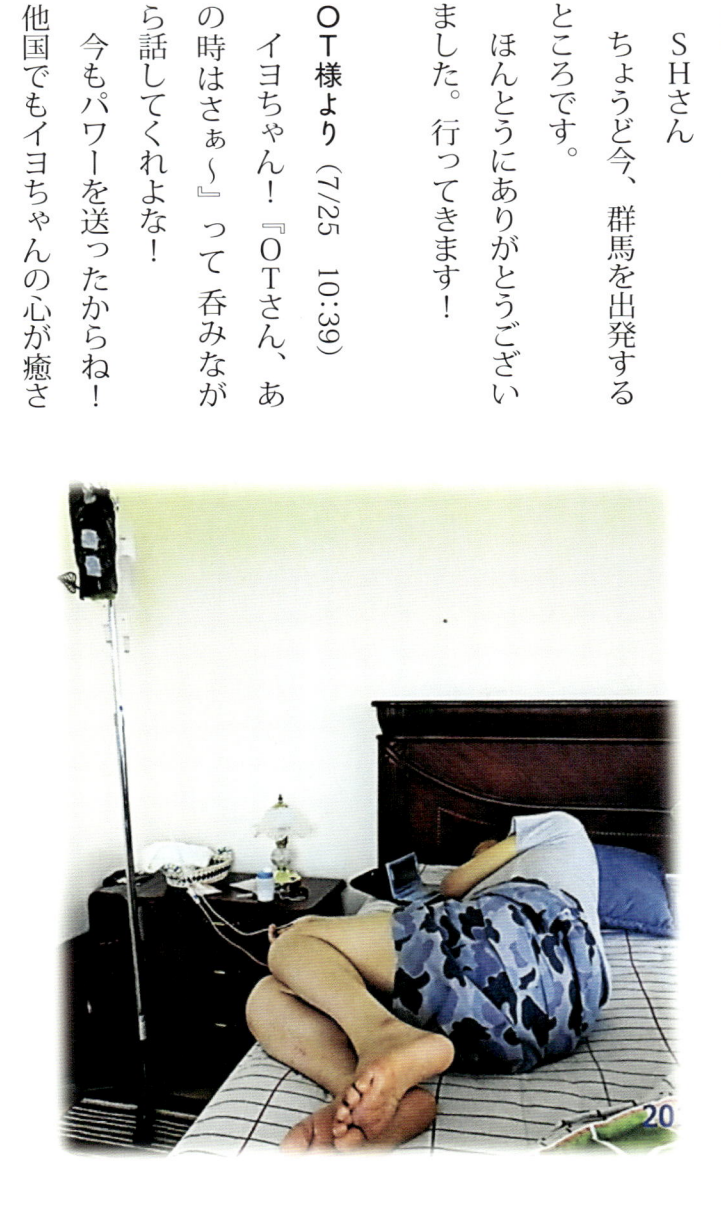

の画素を送ります。みんなで応援しているよ。行ってらっしゃい！

待ってるから！

武明より（7/25　10:48）

画素、頂きました。素晴らしい場所ですね！

パワーを頂き、何とか無事にエクアドルに到着したいです！

もう少しで成田空港です。では、行ってきます。

成田空港でのサプライズ

成田空港に到着して、びっくり。「えっ！　こんなに大勢の仲間たちが……」

総勢十四人もの仲間達が、忙しい仕事の調整をして見送りに来てくれたのだ。

武明は搭乗までの約一時間、この素晴らしいメンバー達と食事を共にし、笑顔で会話を弾ませていた。

武明が幼稚園の頃、一人っ子であることが寂しくて「お願いだから兄弟をつくって！」と、可愛い両手を地面について土下座した姿が蘇る。望みを叶えてあげられず、ずっと心の中で詫び続けていた。

航空専門学校に入学するため家を出る時、「社会に出たら、良いお友達をいっぱい作ってね！　そしたら兄弟と同じだよ！」と言って送り出したのだった。

武明はこんなにも素晴らしい、沢山の兄弟をつくっていた。

あっという間に過ぎ去ったキラキラな時間を

胸に抱き、

「俺、なんかスターになった気分」

と、てれながら嬉しそうに言った。

いつまでも後ろを振り返り、仲間たちに手を振って搭乗口に向かった。

武明の婚活

武明はどんな思いで日本を発ったのだろうか！

決して口にしなかったが、武明が婚活をしている事を知ったのは、武明が入院中の事だった。

武明のマンションの電話のコールがなり、私が出ると予期しない人物が出たので慌てたらしく、会話はしどろもどろしていたが、結婚相談所的な所だと直感した。

数日後、予定表にそれを裏付けるメモが書かれているのを発見した。

「俺は絶対に結婚しない!!」と言い切っていた武明が結婚相談所に行っていたとは……。頑なな考えが変わったのは、一ヶ月ほど前に私が送ったメッセージ付き写真集を見てくれたからに間違いない。

だが全てが遅すぎた。何という運命の悪戯か、意地悪さか！

お見合いの当日に末期の癌を抱えて、日本を離れる事になろうとは……。

武明が中学生になったころ、私に言った事がある。

「お母～は、何であんな奴と結婚したの？　信じられないよ！　顔を見て、どんな奴か解らなかったの！　大体、お母～は、人を見る目がないよね！」と軽蔑の眼差しを向けられた。

そして「俺は生涯結婚しないよ！　俺の代で、アイツのキチガイじみた血を絶やす！」と、はっきり宣言したのだ。

両親が武明に及ぼした影響

二十三歳当時の私は胸いっぱいの夢を持ち、病院の検査室に勤務しながら目的の一つである血液学の一級検査技師を目指して猛勉強していた。

ある日、病院の車を借りて実家に行った帰り道、工事中の釣り橋の入り口を通過した時、ガガガガーと足元から異音が響いてエンジンが止まった。

すぐに降りて確認したところ、フレームに大きな石が食い込み曲がっていた。

必死にエンジンをかけて、ハンドルがフラフラして思うように走行出来ない車を運転して近くの修理工場まで運んだ。

その修理工場で車を修理してくれた人こそ、私の運命を変えた人だった。

その後交際を求められ、はっきりとお断りしたにも関わらず、執拗に追いかけられ、強引にレコードを貸してくれた。それを返すため、彼の家族がいる家に訪ねて行った。

その帰り際、駅まで送ると言う彼の車に不安を抱きながら、(町の中だし、近距離なので大丈夫だよ！）と、自分を納得させて車に乗ってしまった。

彼は、ハンドルを急転回させて駅方面を外れ、逆方向に車を走らせたのだ。

必死にハンドルを戻そうとする私と、そうさせまいとする彼。

突然、強い衝撃音とともに、車体は深い側溝に頭から突っ込んだのだ。

この事故により私は重度の頸椎捻挫で入院し、重い後遺症に苦しむ事になった。退院後、仕事に復帰するも、０ミリ以下の血漿等を計測するピペットも持てず、電子顕微鏡を覗く事も困難になり、絶望していた。

そんな中、しつこく結婚を迫る彼の行動にホトホト疲れ果て、私は自暴自棄になってしまった。

私の人生は終わった。検査技師の上級試験を目指していたが、試験管も鉛筆さえも握れない。全ての夢をあきらめ、〝自殺〟したつもりで、彼との結婚生活に入ったのだ。

当時はストーカー規制法もなく、交番に駆けつけても取り合ってもらえなかった。

だが、そんなやけくそ結婚生活はうまくいくはずがない。

その結果、武明に大きな苦労と犠牲を負わせてしまったのだ。

「お母〜、俺は前にも言った通り一生結婚はしないよ！　好きな人がいても、反射的にその人から離れてしまうんだ！　アイツのキチガイじみた血が、俺の身体に流れていると思うと結婚も出来ないし、自殺したくなる」

「会社で、部下にカッとして手を挙げそうになる度にアイツを思い出し、必死にこらえる時があるんだよ」。面前ＤＶを受けた心の傷を吐き出したのだ。

この会話を最後に音信不通になり、十五年の時が流れ去った。

私は離婚後に勤務していた精神科病院勤務中過労で倒れ、退職後老人施設の医務課に勤務した。その間、リスクマネージャー、賞状技法士、リフレクソロジスト、総合療法士等の資格を取得した。

その後、どうにもならない程の体調不良に絶望した時、エッセンシャルオイルに出会い、アロマセラピーの勉強にのめり込んだ。

どんな時も、頭から離れなかったのは、武明に言われた言葉。

「俺は、絶対に結婚しない！　俺の代でアイツの血を絶やす！」

やけくそな結婚をしてしまい、我が子を一番の犠牲者にしてしまった罪悪感が付きまとっていた。

そして、ふと思いついたのが〝武明の写真集〟を作ることだった。

父親の狂気は、決して武明に遺伝しない事のメッセージも加えた。

アメリカのエッセンシャルオイルセミナーで〝化学物質が脳に与える影響〟を学び、私自身、初めて元夫を許すことが出来たからだ。

彼は職業柄、化学物質を多量に吸い込み、そのためか否か脳に影響を受けて、最後は全身癌で、この世を去った。

アルバム

平成二十六年四月　私は意を決して、武明にアルバムを送った。

こんにちはターちゃん！

生まれてから、今日で18日目です。
病院から退院して、お家に帰りました！
お祖母ちゃんにお風呂に入れてもらい、とてもご機嫌です。

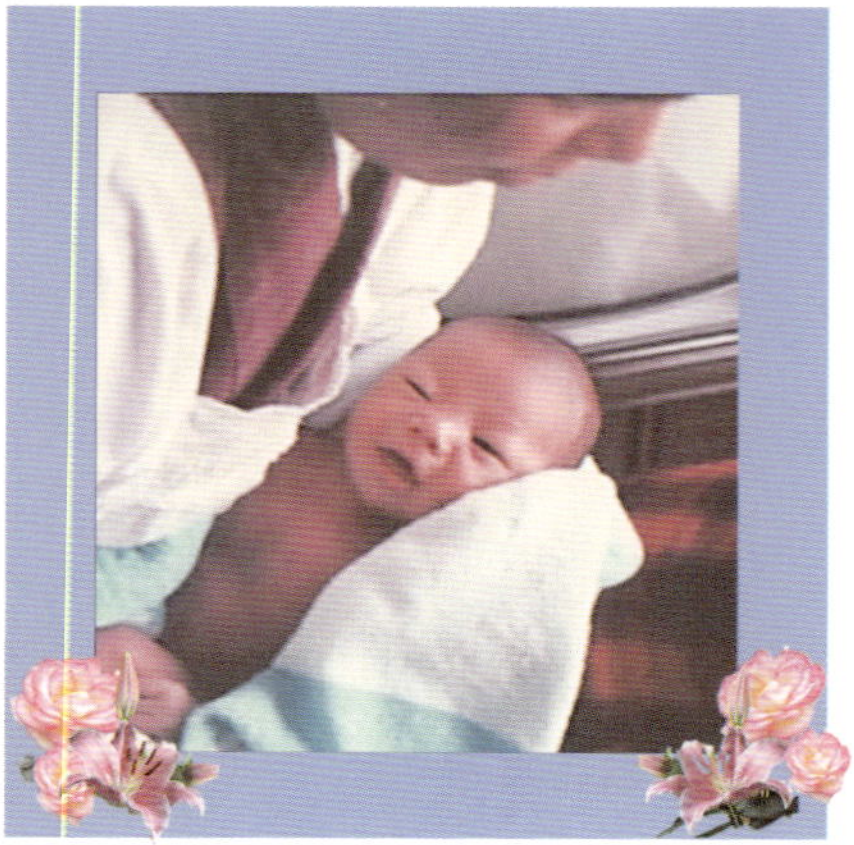

今日で21日目です！
こんなにしっかりして、可愛くなりました！
お目目が大きいでしょう！

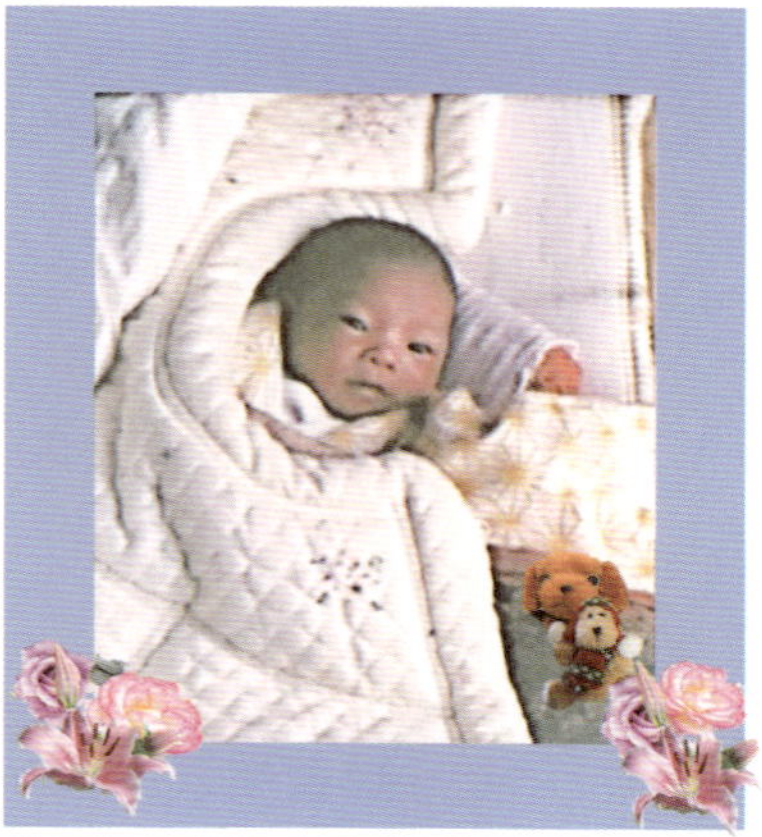

武明　誕生
1970/03/18

ターちゃんの誕生記念に、お山のお祖父ちゃんが
杉の苗を植えてくれました。
真っ直ぐにスクスクト育ちますように・・・

神社に、お宮参り。

ターちゃんと一緒
思い出のアルバム

新潟の海には、毎年行ってたね！

ターちゃん、何をみてるの？
お魚さん？

柴犬の優姫号も一緒に行ったの、覚えてる？

宇宙博覧会（1978/10/8）

ターちゃんは、宇宙とか海とか、果てしなく広大なものに興味を抱いていたよね！
夢は、宇宙飛行士と潜水艦の艦長でした！

今泣いたターちゃんが、もう笑った！

ハイハイが上手くできずに、泣いちゃった！

克行叔父さんからプレゼントされた
“ぬいぐるみ”を抱っこして上機嫌！

ほんと〜に、可愛くてかわいくて！

この頃カメラを向けると、可愛くポーズをして、飛び切りの笑顔を見せてくれました。

お山のお祖母ちゃん家の前の畑です。

お家の庭の前です。

高校入学式（85/4/9）

心から、おめでとう V(^O^)V

決してよい環境ではない中で、よく頑張ったね！

ターちゃんの心中を思うと、「ごめんね！」の涙が止まりません！

新品の学生服姿が、とってもよく似合うよ！

夢、実現！

ターちゃん、かっこいいよ～　(^0^)/
苦労をいっぱいしたけど、小さい頃からの夢を実現させたんだね！
えらい！すごい！立派！

武明の夢だった、憧れのヘリコプターに乗ったよ！V(^O^)/

離陸までの時間が、ぎりぎりでダッシュしたよね！
この時の夢をずっと持ち続け、努力して今は立派な整備士さんになったんだね！

凄いね！
心から大きな拍手を送ります！

ターちゃん、いつもお母さんを守ってくれてありがとう！

ターちゃんが航空専門学校に入るため、家を出てから初めてわかりました！
ずっと、いつもお母さんを守っていてくれたのですね！
ターちゃんの部屋の押し入れの中をみて、わかりました！　ありがとう！！

様になっているね～

たーちゃんと並んで最高に幸せです！

懺 悔

武明が保育園の年長になった頃から、夫婦間の亀裂がさらに深まったように思います。

私はストレス満杯の日々の中で「何としても、子供が成人するまで頑張る！」と心に決めました。


そして、潰されそうな大きなストレスに耐えるために、剣道で心身を鍛えようと決心したのです！

でもそれはたった一人の、可愛いわが子に反動が及ぶ結果にもなったのでした。


父親が、母親に暴力を振るう様を、武明はどんな思いで見ていたのでしょう。

恐怖のあまり、小さな胸は押しつぶされて突然声が出なくなってしまいました！

それなのに二人のバカ親は、それが必死のSOSであることに気が付かなかったのです！

「とにかく、この子が社会人になるまでは」と、自分を持ちこたえるだけで精一杯だった私は、自営業の夫が留守中のわずかな時間を剣道に熱中していました。


ある日、夫が突然外出を中止し、楽しみにしていた剣道の稽古に行けなくなってしまいました。

しょげている私に「お母さん！僕がドムの子守をしているから、剣道に行っていいよ！」と言ってくれた小学校低学年の息子に甘えて、稽古に出かけました！

この時、息子の心中など察する余裕もなく「ありがとう」と、喜んで稽古に出掛けたなんて信じられない！

沢山、たくさん、寂しい思いをさせてしまって本当にごめんなさい！

ターちゃんの方がずっと、大人でした！

私は65歳を過ぎてから、真っ暗闇のどん底で固まってしまっていた心に光が差しだして、徐々に溶けはじめてきたのです。
それは純真な犬家族の、無言の教えでした。
親のあるべき姿、家族の理想像を見せられ、教えられたのです。

もう15年間もターちゃんに会えず、時々心に痛みが走って耐え難い苦痛におそわれます。

でも、かけがえのない一人息子に、ずっと寂しい思いをさせた親失格の私は、どんなに寂しくても耐えるしかないのです。

ひたすら武明の、健康と幸せを祈るばかりです！

2014/4/5

どうしても、言っておきたいこと

夫婦仲の悪い親を見て育った武明は、たった一人でどんなにか心を痛めていたかと思うと、辛いです。


そしてもうひとつ、心が痛むことがあります。

ドムの事です。

（**ドム**＝武明と二人で読んだ絵本の中に出てくる妖怪で、ドムの目を見た人は恐怖のあまり石になってしまうという物語。

元夫につけたあだ名で、『ドムの機嫌が悪いから目を見ないようにしよう。』『ドムが帰って来たよ！気を付けようね！』と
二人で注意し合っていた。）


晩年のドムは病院に入り、そこで亡くなったことに対し『その血を引いている！』と不安になっていませんか？

以前、武明が「あいつの血を引いているので、俺は絶対に結婚しない！」と言っていたのが気になります。

でも、ドムと、ドムの兄の気違いじみた気性は、決して本来のものではないことが解りました。

二人とも仕事柄、塗料やシンナーを長年吸い込んで身体に石油化学物質が侵入し、脳内に霧となって漂よっていたんだと思う。

よく「頭がモヤモヤする」と言っていたし、ありえないキレようだったことから解ります。

アメリカで「化学物質が人体や、動物に与える影響」について勉強し、「ドムもきっとそうだ！」と確信した時、彼を許せる気持ちになりました。

もっと早く知っていたら、そして今だったら必死で対応できるのではないかと、複雑な心境です。


なので、決して”**血統**”ではないことを肝に命じ、堂々と楽しい人生を送って下さい。

劣悪な環境の中、たった一人で頑張って、立派な社会人になってくれて心から感謝します。

母より

平成二十六年四月に投函したメッセージ付き写真集に対しても、何の反応もなく日々が過ぎ去って行った。

一ヶ月後の五月、武明から思いもよらない〝癌〟との連絡が入ったのだった。

オランダ経由でグアヤキルへ

成田空港から約十時間をかけて、オランダのアムステルダム空港に到着した。

しかし、なぜか武明は機嫌が悪かった。

一人だけがビジネスクラスに席を取ったため、次々に運ばれるサービスに対応しきれずとても困ったと、口をとがらせて言う。

「そうか、一人きりにさせてごめんね！」

機内の座席は、私と絹さんはエコノミークラスで、武明はファーストクラスだった。了解を得て、武明の席に行って様子を見ていたのだけれど、そこまで考慮してあげられなかった。

空港近くのホテルで一泊することにしていたが、チェックインの手続きをしている間、じっとうつむいて物思いに耽っている武明の姿が悲しい。

ずっとずっと三年も後になって、この時涙をこらえて読んでいたのは、成田空港で後輩から手渡されたメッセージだったことが分った。

イヨクさんへ

私は点検整備課に移って一年半余りが経ち、一人で任される仕事も増え、後輩に指導する立場になりました。

日々少しずつですが、成長を実感できるようになってきました。

まだ入社四年目の私ですが、今まで一番記憶に残っている事は、イヨクさんから教えてもらった事です。それが何故かと考えた時、イヨクさんの言う事はいつも〝理にかなっている〟からだと思います。

先日、「俺はいつも怒っていたから、若い人には嫌われているだろうな～」と、気にしていると点検整備課長から聞きましたが、それは間違いです。

後輩同士で話している時も『イヨクさんはおっかないけど、命にかかわる仕事だからと、しっかり叱ってくれるし、理にかなっているので反論できない』と、言っていますよ。

今は、イヨクさんのように、叱ってくれる人は殆どいないと思います。

今回のイヨクさんの病気は、かなり大変な病気と聞いています。

でも、いつも私達を叱ってくれる莫大なエネルギーを持っているのですから、間違いなく乗り越えられると信じています。

元気になって、また指導してくれる日を待っています！

頑張れ、イヨクさん！　負けるな、イヨクさん！　点検整備課　T・Mより

翌朝、アムステルダム空港からキト空港に行き、グアヤキル行きの便に乗りかえた。グアヤキル空港にはNクリニックから迎えの車が来ており、舗装のされていないデコボコ道を長い時間揺られて走った。

ジャングルの中を通り抜けて約四十分間走り、目的のクリニックに到着した。

驚いたことに、私が三年前に研修に来たクリニックとは一変していた。

場所も建物も変わり、アジアン調のリゾートホテル風になっていた。

やっと身体を横たえられる！

二〇一四年、現地時間の七月二十七日 午前十時三十分、武明はやっと横になれるベッ

ドにたどり着いた。

気の遠くなるような長い道のりを、歯を喰いしばって耐えてきた。

「フランキンセンスの注射さえすれば、絶対に助かる。助かって仕事に復帰したい！」

その一念で頑張れた。

だが極度の疲労で心身ともボロボロになり、急激に痩せが目立ってきた。

両足は、むくんでパンパンになっている。

ダブルベッドの上に身体を投げ出し、大の字になったまま口も利かず、身動きすらしない。

そんな武明の姿を見た私は、（この選択は大きな間違いだったかもしれない）と思い、全身が引きちぎられそうに悲しかった。


やっと身体を横たえられる！

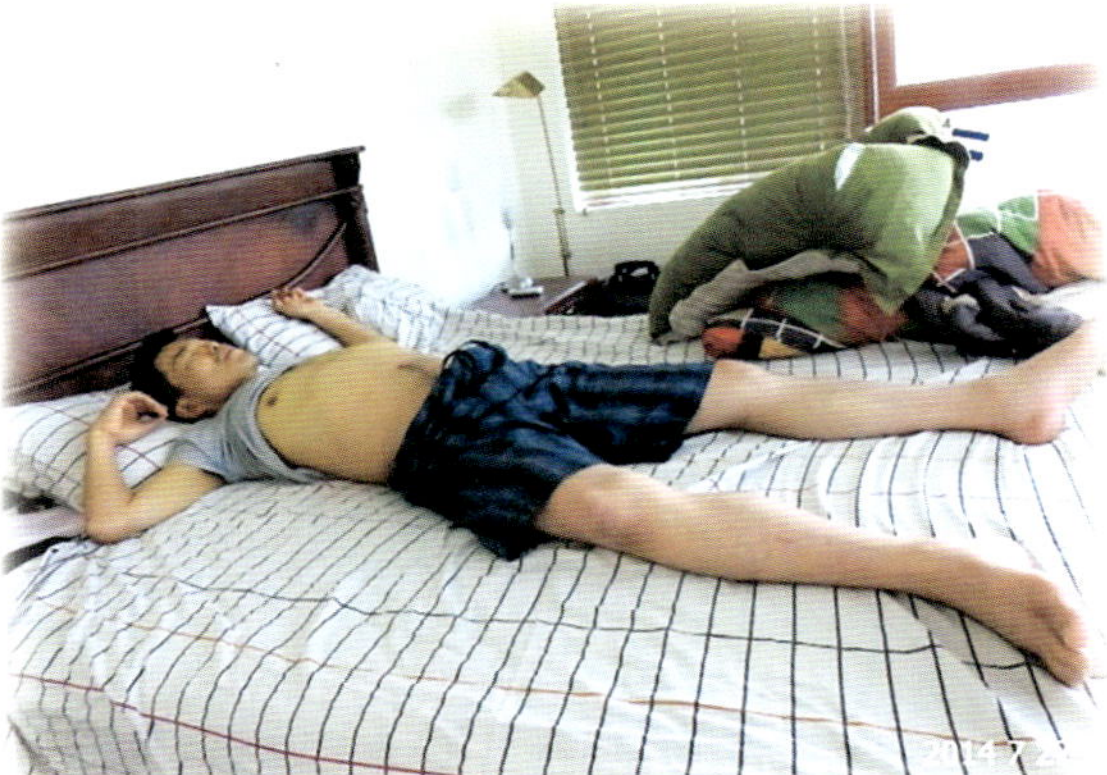

思いがけない人がお見舞いに来た！

七月二十八日 午後一時三十分、思いがけず、Dr・Gの奥さんのMさんと、次男のJ君、そしてユタ州の教会の学生さん二人と医学研修生クリスティーナが部屋を訪れた。

私は久しぶりの対面に、Mさんとハグし、

「息子の武明です」

と紹介した。

「えっ息子？　あなたの息子？」

と言って交互に見比べ、なぜか大笑いした。

「こんなに大きな子供がいたの？」

と言い、信じられないのか、また笑い出した。

この態度に私はムッとしたが、武明はもっと不快に感じ、傷ついていた。

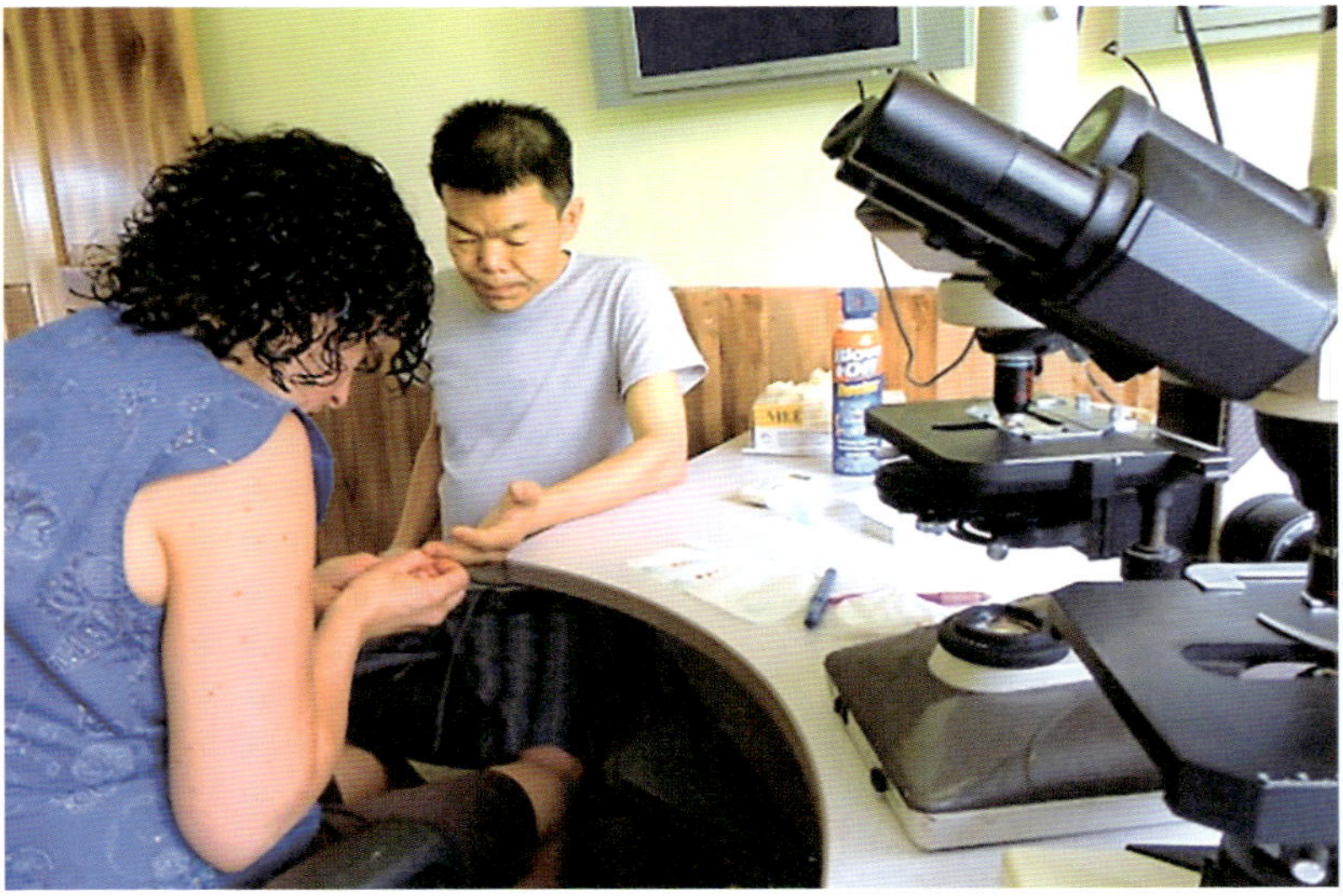

武明はこの言葉が脳裏に焼き付いたのか、死の床で何度も私に問いかけたのだ。
「俺は、お母～の、本当の子供なの？」と……。

Dr・Gが現れるのを期待して待っていたが、現れない。
聞くと、先ほどこの地を発ち、飛行機でカナダの山奥に向かったとの事。
何という、運の悪さ！
Dr・Gに会って、武明を診てもらうのが悲願だったのに……。
私は、〝駄々っ子〟のように、足をバタバタさせて泣き叫びたい衝動に駆られた。

「Dr・G！　なぜ、待っていてくれなかったのですか～！」

研修医のクリスティーナが、武明の血液検査をしてくれると言う。

採血後、電子顕微鏡で画像を見ていた彼女の顔が曇った。

そして、厳しい表情でパソコンの画面に転写した映像を説明してくれた。

血液検査の結果に愕然！

何という事か！　画像を見て、愕然とした！

全身の力が抜けてゆく。頭がクラクラして、周りの景色が歪んでいる。

呼吸が出来ない！

武明が傍にいるのに、配慮をすることも出来ず「うわ～」「ああ～」と悲嘆の声をあげてしまった。〝絶望〟の二文字が大きく頭をよぎった。

電子顕微鏡からパソコンの画面に映し出された映像は、絶望的なものだった。

以前アメリカのセミナーで、最悪の血液像の例として見せてもらった、どの映像よりも酷い。誰もが言葉を失ってしまった。

*恐ろしくドロドロの血液
*未消化のｆａｔ
*バクテリアのコロニー
*重金属類や合成化学物質

医学生クリスティーナの計らい

重い沈黙を破ったのは、医学生のクリ

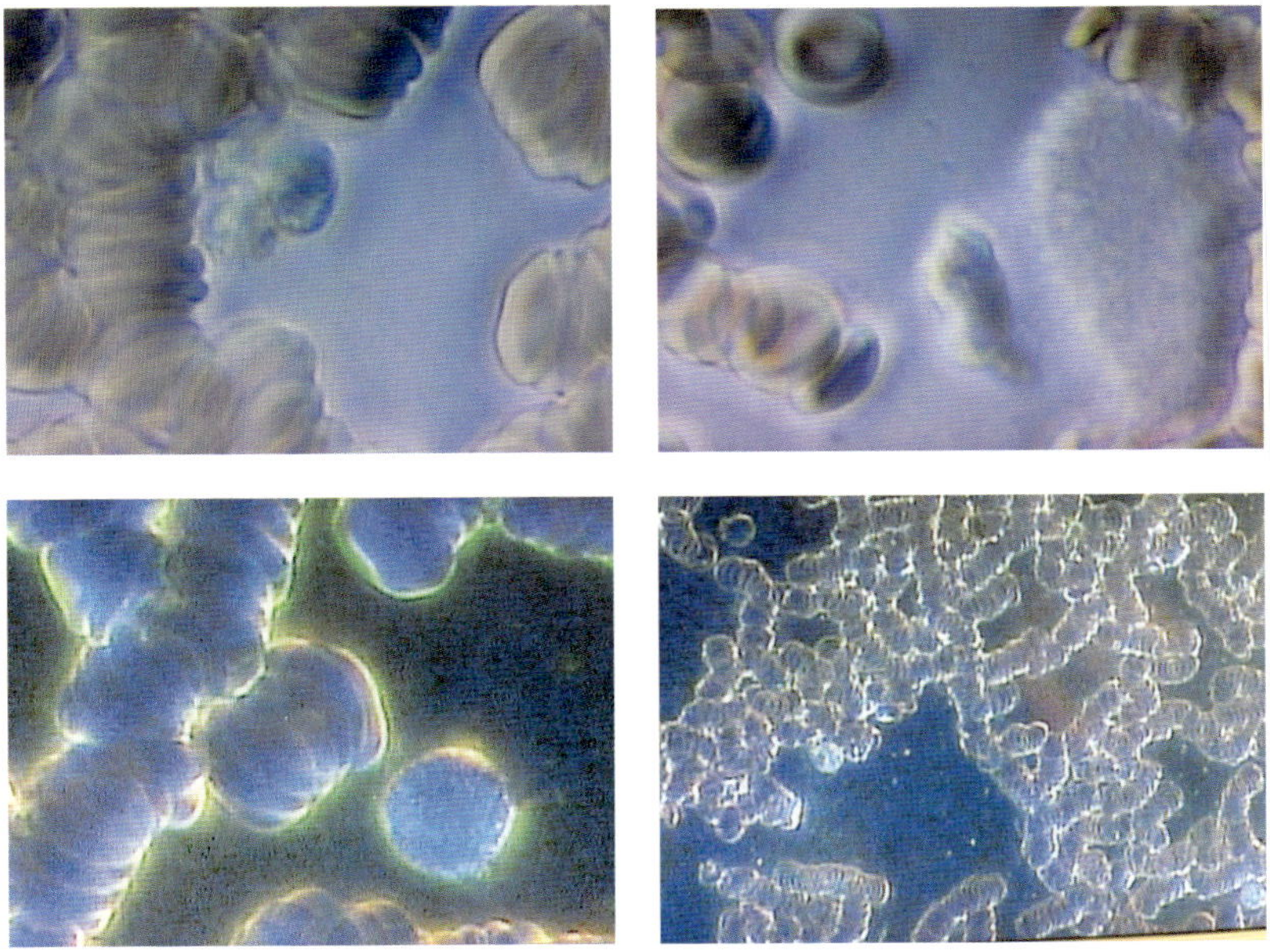

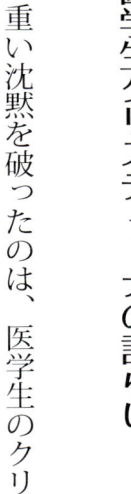

スティーナだった。

「タケアキ、このベッドに横になって」

と言って、背中にオイルセラピーを行ってくれた。優しく、丁寧に心を込めて行ってくれた。彼女の計らいが、どの位この場を和ませてくれた事か。

痛いほど凍り付いた空気が、穏やかに溶けてゆく。

「なんて優しい人なのだろう」

有り難くて、心から感謝した

翌日、

「私達はこれからユタ州に帰ります。J君のお祈りは、とても良く効きます。どうぞお祈りを

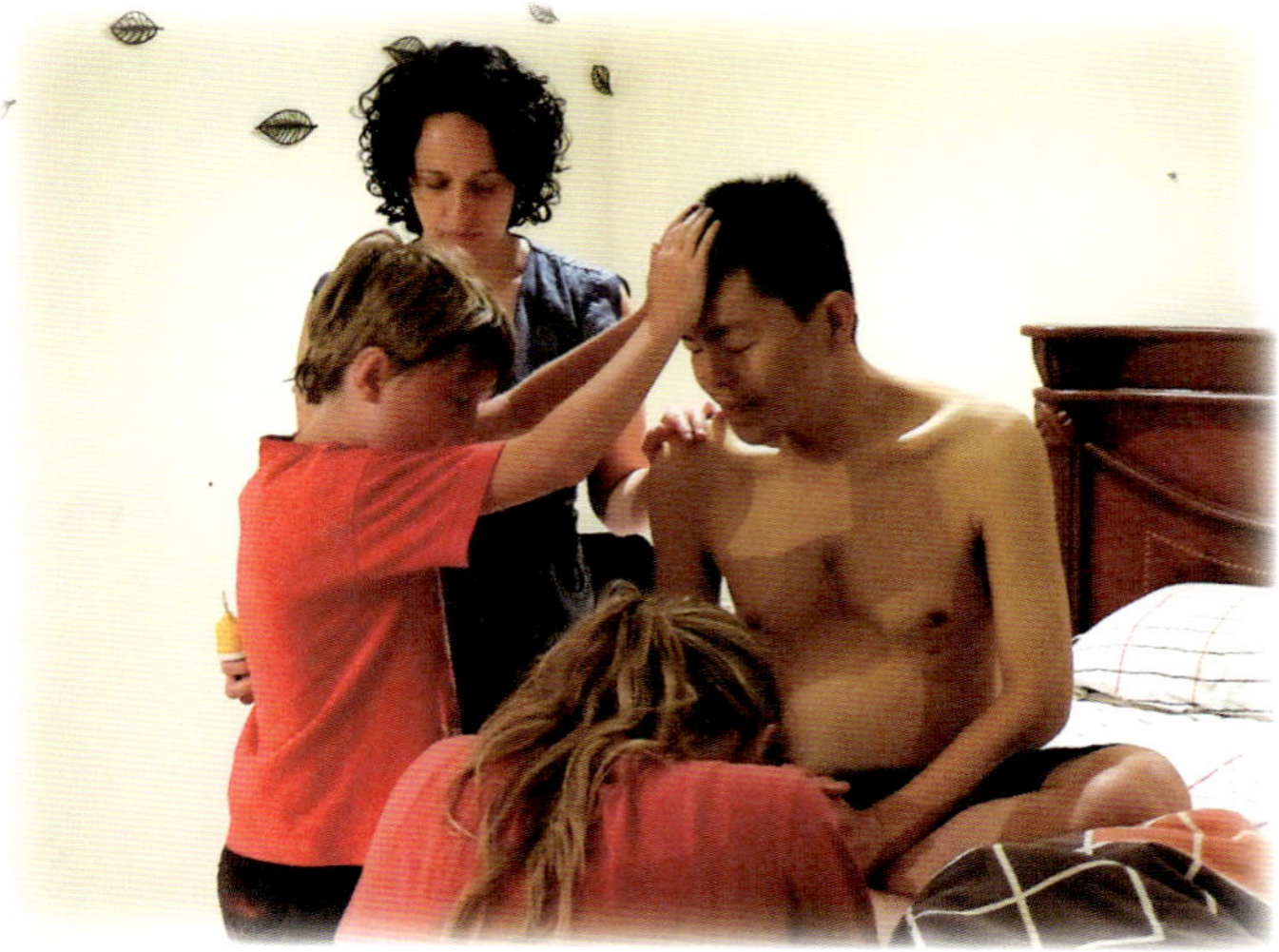

してもらって下さい」

と教会の学生さん達が訪ねてきた。小学校二年生の腕白J君は、いつもと違って、真剣な顔で武明の額に両手を当てて長い間祈ってくれた。

彼が赤ちゃんの時は抱っこしたり、昨年までは、よくふざけ合っていたのに、こんなにも大きくなり真剣に祈ってくれる。

二人の美しい医学生も、目を閉じて祈ってくれた。

有り難くて、また胸が詰まった。

誰ともなく「記念写真を撮ろうか！」と言って、皆で笑顔の写真を撮った。

明日、奈落の底に転落するなど、誰が予想出来ただろうか！

腸洗浄直後に異変

クリニックは土曜日と日曜日が休みのため、月曜日の今日、Dr・フランチェスカが診察にやってきた。

ファッションモデルかと思うほどスタイルが良くて、若い美人女医さんだった。

私の知っているDr・Rではないことが気になった。

Dr・Rを頼って来たのに、一ヶ月程前にクリニックを辞めたとの事。

悲しいかな、ここでもまた〝運の悪さ〟を突きつけられたような気がした。

Dr・フランチェスカは武明の直近の検査データがないので、

「すぐに日本から届けて下さい」

と言い、会釈をして去って行った。


Dr・フランチェスカの指示通り、午前中は十〜十二種類のエッセンシャルオイルを背中に順番に雨垂れのように垂らして、トリートメントする『レインドロップ・テクニック』を行った。

午後は腸洗浄とのことで、別室に行き、説明を受けた後ベッドに横たわった。

肛門から太い管を入れ、腸を洗浄する作業は通常六十分かかるとの事。

看護師は途中、

「大丈夫ですか？」

と声を掛けながら行うのだが、武明は顔をしかめながらも、

「大丈夫です」

と必死に耐えていた。

見ている私は、気が気ではない。腹水でパンパンに膨らんだお腹に、多量の洗浄液を入れ、便混じりの液を出しては、また液を入れる。腸内に溜まった毒素を排出するのは解るが、武明の腹部の状態を見てよ！　と、叫びたい！

ついに、苦痛に歪む武明の顔を見ていられず、私は中止を申し出た。

十分ほど早く切り上げて部屋に戻った武明は、
精根尽き果てて、グッタリとベッドに身を投げ出した。

女医先生が血相を変えて飛んできた！

ベッドに倒れ込んでから間もなく、武明はトイレに行きたいと起き上がった。

暫らくすると、

「お母～！　来て～、きて～！」

と、トイレから大声で私を呼んだ。

飛んで行くと、便器の中を指さし、「見て！」と言う。

白い便器内に真っ赤な鮮血が滴っていた。

すぐにナースに連絡すると、Dr・フランチェスカが、血相を変えて飛んできた。そして、

「すぐに日本に帰りなさい！　今帰らないと、もう日本に帰れなくなります」

と言った。

私は意外な言葉に納得できず、

「私達はここでの治療にすべてをかけて、遠い日本から来たのです！　フランキンセンスの点滴をして下さい」

と、必死に食い下がった。

「癌細胞が増殖して胆管を塞ぎ、このままでは時間の問題なのです！　今、フランキンセンスの注射をしたら死んでしまいます！」

日本から届いた直近の検査データを見たDr・フランチェスカは、険しい顔で言った。

「ひどい！　このまま何もしないで日本に帰れと言うのですか！」

食い下がる私に、Dr・フランチェスカは頭を抱えていたが、

「一刻の猶予もありません。緊急でグアヤキルの大病院に行く必要があります。すぐに準備をして下さい。私が送って行きます」

そう言ってDr・フランチェスカは、急いで部屋を出て行った。

「お母ぁ～」

ベッドに横たわっていた武明が、小声で私を呼んだ。

「お願いだから注射をして！　このまま死ねるように先生に頼んで。注射で死ねる薬があ

るよね！」

と言いながら初めて涙を見せた。

私は、しばし言葉に詰まったが、

「ターちゃん、もし先生がそうしたら、殺人の罪に問われる事になるんだよ！　他の多くの人達にも迷惑をかける事になるよね！　ターちゃんは人に迷惑をかけるのが大嫌いだったよね！」

私は、心を鬼にして言った。

黙って聞いていた武明は、以後、決してその言葉を口にしなかった。

可哀そうに、末期癌の身体に鞭打って歯を喰いしばり、遠いエクアドルまで来たものを……。

Ｋ公立病院

外灯も信号機もない、真っ暗な街。

人と車で大混雑している街中をDr・フランチェスカは器用に車をくねらせて潜り抜け、約五十分をかけてグアヤキル市の大病院に到着した。

すでに夜の九時を過ぎていたが、救急患者として受け入れられた。

Dr・フランチェスカが電話で国立がんセンターの院長ＷＤ先生に協力を求めていたため、通訳として日本人の男性を連れて待機していてくれた。

病院内には、日本語も英語も話せる人がいないとの事だ。全てがスペイン語で、チンプンカンプン

だったため、本当に助かった。

入院前の手付金（部屋代）として多額の入院補償金九百二十ドルを支払い、誓約書にサインをしてから検査が行われた。

検査終了後、結果報告をしてくれたＷＤ先生は、

「気の毒だが胆管が完全に閉鎖されており、再生の可能性なしです。生きて日本に帰りたいなら、癌で塞がってしまった胆管に管を入れて、一時的に胆管を通すしかない。だが、癌細胞はすぐに増殖して、三日位でまた塞がってしまうでしょう。なので、手術後はなるべく早く日本に帰った方がよい。ただ、この手術はとてもお金がかかります。大金を出して手術しても、わずか三日位しか持ちません。それでも手術を希望しますか？　希望するならば、とても腕の良い先生を紹介します」

と言った。

私はパニックになり、返答に詰まっていると、

「やります。お願いします！」

と、武明がキッパリと答えた。

手術は無事に成功したとはいえ……

F・G先生は、胆管の内視鏡手術（内視鏡で塞がった胆管を通して広げ、ステンを挿入して拡張する手術）の第一人者との事。

手術室に入る前に改めて念を押された。

「大金をかけて手術しても、またすぐに塞がってしまうが、それでも行いますか？」

と言い、同時にこの地のホスピスを紹介されたが、何としても武明を生きて日本に連れ帰らねばならない。

渡米前に、

「お母ぁ〜、俺、死ぬなら日本で死にたいよ！」

と言っていた武明の言葉がよぎった。

「はい、手術をお願いします」

私は即答した。

手術室に入ってから約九十分後、無事に終わったとの連絡が入った。思わず絹さんと抱き合って喜び、地下の手術室前に飛んで行った。

武明はストレッチャーに乗せられたまま、廊下に置かれていた。それもシーツも掛けず手術着のままで震えていた。顔は全く血の気がなく、口唇は紫色になって小刻みに震えている。

私は「何て酷い！」と憤慨して受付の窓口に行き、身振り手振りのゼスチャーで、

「まだこのままですか？」

と聞くと、

「順番だ」

と言う。

仕方なく待合室の椅子に戻って待ったが、武明は寒さで全身がガチガチ震えている。

エクアドルは日中の気温は高いが、夜になると急激に下がる。

こんなに寒いのに、手術したばかりの患者を裸同然で三十分以上も廊下に置いておくな

ど信じられない！

私は我慢ならず、着ていた大判のショールを武明の身体にかけてあげた。

絹さんも、ショールを脱いでかけてくれた。

それでも病院側は、何の動きもなく我慢の限界。私はいたたまれずに、ナースと医師らしき人が数人いる部屋をノックして入り、

「いつまでこのままにしておくのですか？　寒くて風邪をひいてしまうではありませんか！」

と、日本語でまくしたてた。

日本語など全く解らない病院スタッフは、意味が解らずあっけにとられていた。

間もなく病室に帰ったが、お国柄とは言えこの無神経さに腹が立ち、あまりにもスローな行動にイライラした。

少しも良くなっていない！

手術は成功して胆管は通ったというものの、腹部の膨満は改善されず、身体全体が急激に真っ黄色になっていた。

スマートだった足は大腿部から異常に膨れ上がり、足首は今にも破裂しそうなくらいパンパンになっている。そして、尿が全く出ない。

喉が渇いて水を飲めば、挿入している胃管から逆流してしまう。

「ああ〜、何をやっても少しも改善しないなあ〜。俺、どうなっちゃうのかな〜」

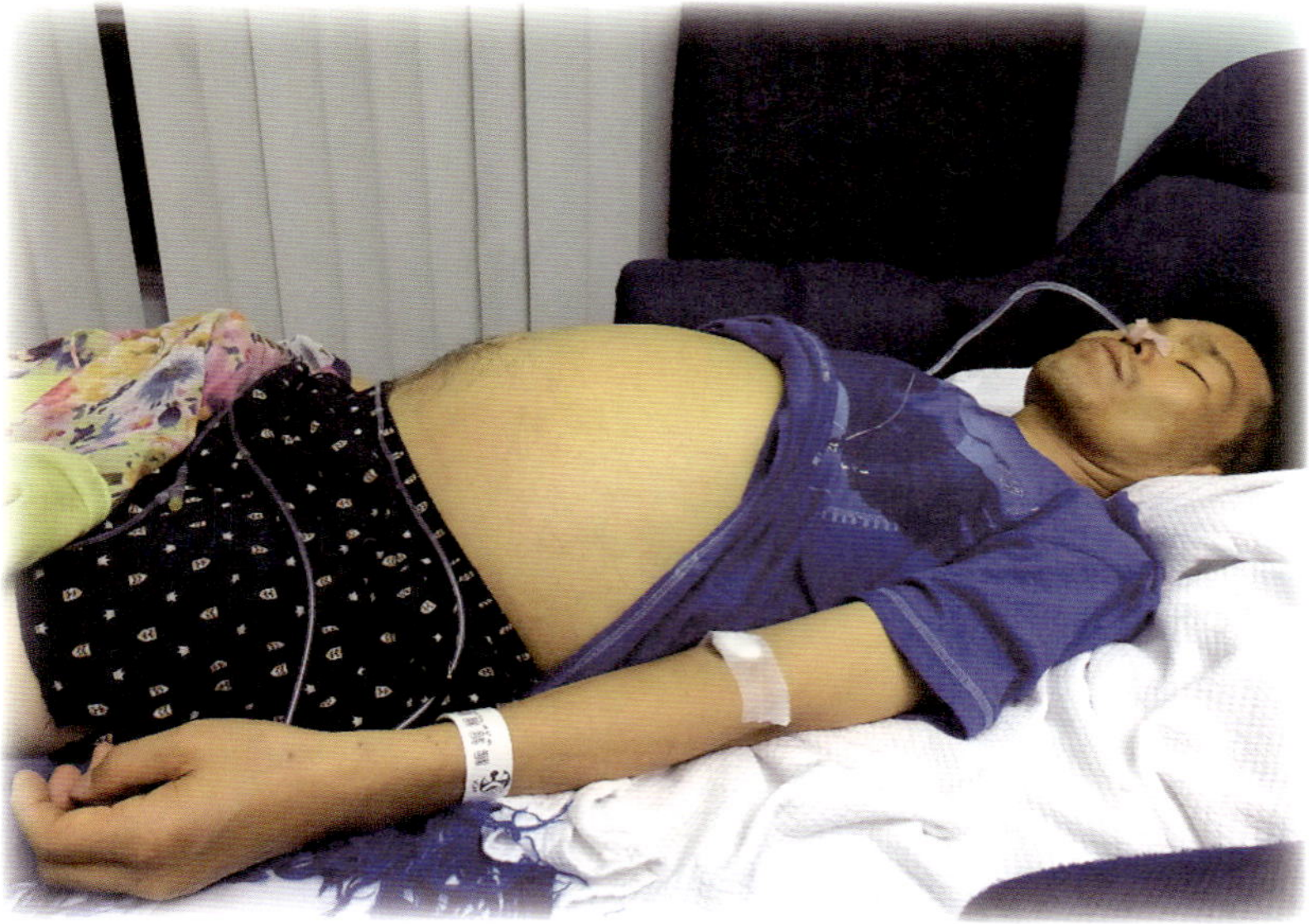

少しも良くなっていない！


と武明がつぶやいた。可哀そうで、身が張り裂けそう。

本当に代われるものなら私が代わってやりたい！

主治医のＭ・Ｇ先生（女医）が、名医Ｆ・Ｇ先生と第一助手のＡ・Ｃ医師を連れて回診に来た。武明の状態を見て、

「癌の転移が進んでいて肝臓が弱っていたため、手術は成功したのだが……」

と言って頭を抱えた。そして、

「尿が出ないのは麻酔の影響かもしれない。筋肉が弛緩しているのかもしれない」

と言った。

導尿の指示が出され、看護師によって施行されたが、少量の尿が排出されたのみだった。

クリニックから毎日女医先生が来てくれた！

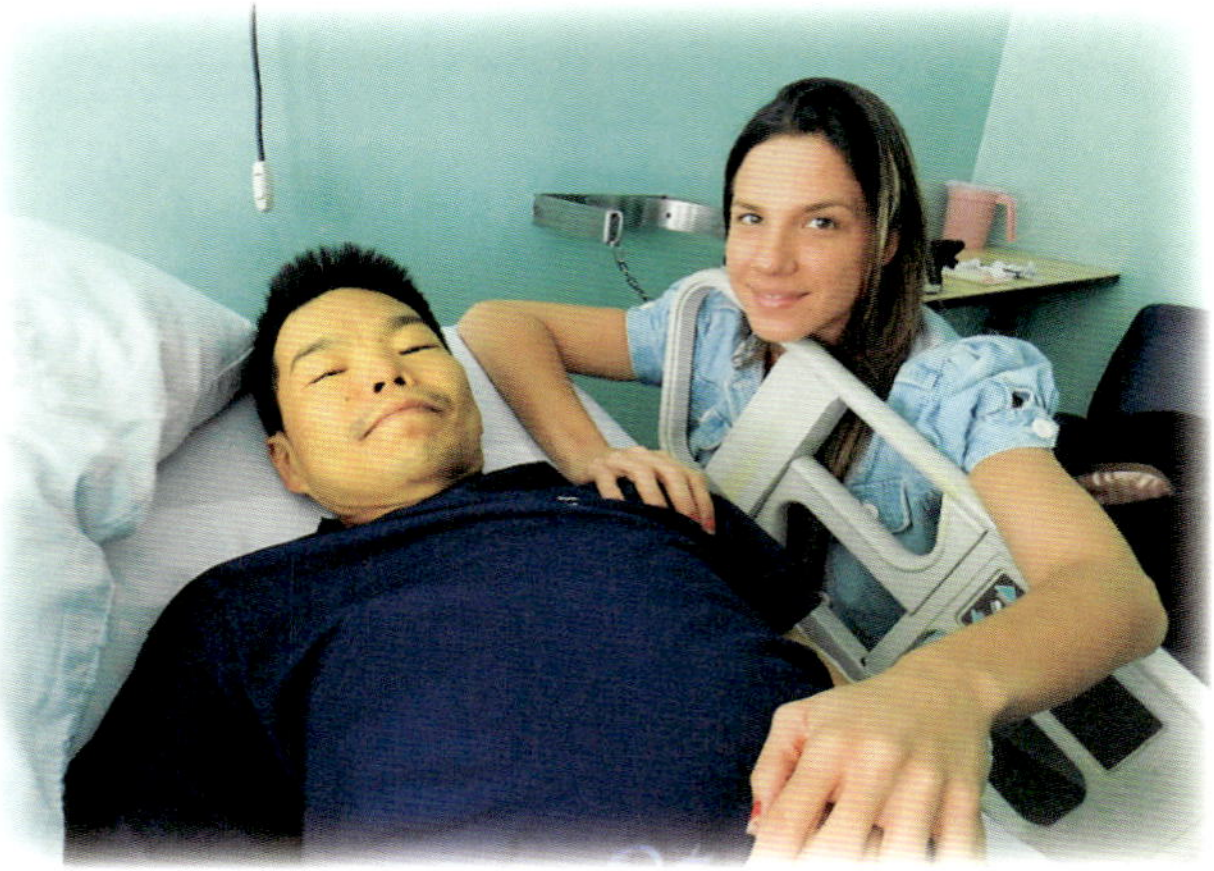

エクアドルのNクリニックから看護師とアロマセラピストが毎日通って来て、バイタルチェックをしてから、オイルセラピーを行ってくれた。

Dr・フランチェスカも診療の合間をぬって、毎日様子を見に来てくれた。

頼みの綱であるDr・Gは、カナダの山奥に入り、ブラック・スプルースの買い付けの交渉をしているため、なかなか連絡がつかないと言う。

たまたま繋がっても、電波の状態が悪くてすぐに切れてしまうとの事。

Dr・フランチェスカは、主治医M・Gと、武明の状態について意見を交換し、考え方の食い違いから凄まじいバトルで火花を散らせる事もあった。

いつも武明に寄り添い、「タケアキ、タケアキ」と肩を抱いて笑顔で語りかけてくれたのが、唯一の安らぎだった。

私にもそっとハグしながら小声で、

「治してあげられなくて、ごめんなさい」

と、何度も言い、その度に二人で大粒の涙を流しあった。


武明は、病院食に全く箸を付けられず、点滴だけで細々と命を繋いでいた。

病棟の武明の受け持ちナースは、とても可愛くて優しくてホッとした。

「あちらで、可愛い彼女をみつけて来いよ！」

と、メールをくれた会社の同僚の文章が頭をよぎり、また悲しみが追加される。

〝涙を見せない！〟と、決心していたものの勝手に溢れ出てくる。

K公立病院を退院

手術後五日目、武明の状態はさらに悪化して、尿量が極端に少なくなり、背中まで浮腫《むくみ》が広がっている。呼吸も苦しそう。

担当看護師が一生懸命に話しかけてくれるが、もう答える力もない。

午後、主治医のM・G先生と国立がんセンターのW・D先生が病室に来た。

「肝不全に陥り、再生の可能性は全くない。明日、日本に帰りなさい！」と、厳しい表情で言った。「早く帰れ！」と言われても、この重病人を遠い日本までどうやって連れて行けばよいのか、途方に暮れた。

帰りの航空チケットは二ヶ月先だし、ここはエクアドルで言葉はスペイン語。

どうやってチケットを購入したらよいのか！　それより、急に三人分のチケットを買えるのか！

困り果てて、エクアドルの日本大使館に電話した。特別機の緊急要請をしてみたものの、当然、納得いく返事は得られず、〝けんもほろろ〟の回答。「面倒な案件」と、避けているのは明らか。私達〝個人〟とは、なんてちっぽけな存在かと思い知らされた。

でも〝拾う神〟がいた！

W・D先生が、通訳として紹介してくれた日本人ギタリストの遼平さんだ。

小児麻痺の彼は、小さい時から偏見の目に晒され、日本を出てスペインに渡り、その後スペインを離れて、二十年前からエクアドルに住んでいると言う。

毎日、朝夕二回、不自由な足を引きずって病院に通い、医師との通訳を引き受けてくれたのだ。

英語が全く通じない国で快く通訳をしてくれ、困った時に電話をすれば、すぐに駆けつけてくれた。

航空券の事を相談すると、空港まで自家用車を運転して連れて行ってくれ、交渉してくれた。お蔭でチケットを購入する事が出来た。

武明と並んでの、ビジネスクラスのシートがとれた。

生きて日本に……

やっと日本に帰れると思いきや、入院費全額を支払わなければ退院させないという。武明は病院で、人質状態。

日本を出発する時、百万円以上の現金を所持できないため、持ち合わせがない。

手術は想定外であり、大病院への多額の入院費の支払いも想定外だった。

絹さんと私のカードを使っても足らず、絹さんがご主人に電話して、カード決済してもらった。

荷物も置いてあるので、ひとまず最初のNクリニックに帰ってきた。

力なくベッドに横たわり、じっと空を見つめていた武明が、

「お母ぁ〜俺、もう日本に帰らなくてもいいよ！　ここで死んでもいいよ！」

ポツンと言った。

よほど、よほど辛いんだよね！　もう身体中が余すところなく、黄色くなって膨らんでいる。

私も今まで歯を喰いしばって堪えてきたが、もう限界！　目の前にある湖に、武明と二人で飛び込みたい衝動に駆られた。一人で人口湖のほとりに行き、「どこから飛び込もうか！」と場所を探した。だが私の背丈をはるかに超える、全く動けない息子をどうやって入水させようかと方法を探ったが、見当たらない！

心にロックを掛けたのは、「人に迷惑をかけてはいけない！」と言う言葉。

日本からずっと付き添って来てくれた友人の絹さんに、大迷惑がかかる。ここまで応援してくれた、多くの人達にショックを与える！

そして、遠い日本から二人を引き取りに来なければならないであろう弟達や、九十三歳の母の事を思うと、それは出来ない。

大きな悲しみの塊を、思いきり飲み込んだ。

武明に見せたかった景色

農場に植えられている四万本以上のイランイランの花に触れ、むせるような香りに包まれて負のエネルギーを除外し、平安と自信を回復させたかった!

クリニックの近くの蒸留所で、流れ出るイランイランの蒸留ウオーターを、頭から浴びたなら、

何と言って喜んだろうか！

たわわに実ったマンゴーの実を、笑顔でもぎ取る姿も想像していいのに……。

私が五年前に行った〝聖なる木、パロサント〟の森にも連れて行きたかった。樹齢百年を超える樹の内に、滝のように流れている力強いエネルギーの音。大木に耳を当てて感動の音を聞き、パワーをもらって元気になって欲しかった。

そしてガラパゴス諸島に行き、イグアナとたわむれる予定だったのに……。

驚くほどのスピードで痩せ細ってゆく我が息子を目の前にして、すっかり枯渇してしまった私の心と頭からは、何の思考も言葉も湧いてこない。

まさに抜け殻状態で、夢遊病者のように荷物をまとめた。

悲しい帰国

標高六千メートルを優に超える赤道直下の最高峰チンボラソ山は、雲の中に隠れて滅多に姿を現さないと言うが、今日も例外ではない。

幸運なことに、私は三年前に一度だけその神々しい全体像を見られた。

武明にも、その神々しく強力なエネルギーを放つ山を見せてあげたかった。

消えかけている、若い命の灯。残り少ないエネルギーを振り絞り、希望を持ってエクアドルに渡ったものを、なんと悲しい帰国となってしまったのか。

数人の病院スタッフに見送られてバスに乗り込んだが、双方とも発する言葉が見つからない。

ただ、お互いに黙って頭を下げ、何時までも手を振って空港に向かった。

ギタリストの逵平さんが、空港まで同行してくれた。

アムステルダムでのハプニング

グアヤキルの空港からキトへ。

キトからオランダのアムステルムに飛び、空港近辺のホテルで一泊した。

ホテルに着いた時、武明はもう〝虫の息〟状態だった。

私は身体に酸素を送り、エネルギーを高めるためのオイルを使用して、必死にセラピーを行った。十五分間隔で、フランキンセンス、バルサムファー、パロサント、ペパーミントを身体に送り込んだ。

（明日の朝、死んでいたらどうしょう）と、絹さんと二人で、不安な夜を過ごした。

翌朝、眠っている武明の腕を取って呼吸と脈を確認すると、〝生きている！〟

絹さんと二人で手を取り合って喜んだ。


空港に着くと、前もって予約しておいた車椅子を持った職員が見当たらない。

三十分、待てども来ない！　仕方なく空港の入り口のベンチに、グッタリした武明を寝かせて、ひたすら背中をさすっていた！

搭乗時間が迫っているのに、まだそれらしき職員は見当たらない。

待ちきれなくなった絹さんが、

「ここにいてね、探してくる！」

と言って、チェックインカウンターに向かって走った。

武明は外の冷たい風にさらされて、さながら死人。

不審に思ったのか、通りすがりの人が、何人も声を掛けてくれた。私は「ダイジョウブですから……」と、日本語で言い、オーバーなゼスチャーをした。でも怪しいと思ったのか、何度も声を掛けて通り過ぎたおじさんが、「救急車を呼ぶ！」と言ったらしく、電話をかけるゼスチャーをした。

（救急車を呼ばれたら、もう日本に帰れない！）

そう思った私は武明を連れて、後ろも見ずに空港内に駆け込んだ。

そこに、車椅子を押した空港職員が来て、武明を乗せると、

「早く！　早く！」

と言いながら走った。私は必死に、

「もう一人来ます！　待って下さい！」

と言うが、全く通じない。

だが、スッタモンダしている暇はない。係員を振りきり、武明の乗った車椅子を押して絹さんを探しに走った。武明が、

「もう終わりだ～」と叫んだ。

祈り

すると左前方の窓口で必死に何かを交渉している人がいる。

何と、絹さんだ！

合流出来た喜びもつかの間、死人に等しい武明が果たして飛行機に乗せてもらえるだろうか。ゲートを通してもらえないかもしれない。

私はとっさに、バッグからファンデーションを取り出して、すっかり土気色になってしまった武明の顔に塗りたくった。

首にはスカーフを巻き、露出している皮膚に覆いかぶせた。

そして武明に「スマイル、スマイル！」と無理難題を言った。

この状態で、とても笑顔など出来るものではないのに……。

お陰でゲートは以外にすんなり通過できたが、飛行機の入り口でストップをかけられてしまった。

するとと絹さんが、

「ちょっと、肝臓を悪くして黄疸が出てしまったのですが、大丈夫ですから」

と、顔を引きつらせて作り笑顔をし、必死に言い訳をした。

私も、

「そうそう。そうなんです！」

と言って、何度も頭を縦に振った。

すると、オランダ人のキャビンアテンダントが「ちょっと待って！」と言って、日本人アテンダントを呼び、武明を見ながら何やらひそひそと話をした。

「この飛行機は、アラスカ上空を飛びます。もし体調が悪くなっても飛行機は降りる事が出来ません。それでもいいですか？」

と日本語で言った。

「はい大丈夫です」

私はホッとして、一歩前に踏み出してきっぱり答えた。

絶対に武明を死なせない！　私が守る！　……そう自分に言い聞かせて、武明の傍らに座り、夜通しエッセンシャルオイルでセラピーを行っていた。

誰もが心地よく爽やかにリラックスできるようにと、レモンオイルを選んだ。

武明にとっては、不安を解消し循環を良くし、免疫をあげてくれるし、何よりも含有量豊富なリモネンが、腫瘍の増殖に対抗してくれるはず。

もう一本はペパーミントを選んだ。

脳や身体に酸素を取り入れ、呼吸を楽にしてくれる。炎症を抑え、痛みを緩和してくれる。

祈りは、周波数を十五メガヘルツ、アップしてくれると学んだ。

必死に、祈りながらオイルを使用し続けた。

もうすぐ日本の上空！

長い夜が明けた。

武明はしっかり頑張って、生きていてくれた。

日本人キャビンアテンダントがやってきて、

「昨夜は一睡もしなかったでしょう？　大変でしたね！」

と、声をかけてくれた。私は、

「オイルの香りに、苦情を言ってきた方はいませんでしたか？」

と聞いた。香りは人それぞれに好みがあり、苦情を訴える人も少なくないからだ。

「おりません。むしろ私たちはこの香りに癒され、楽しく仕事が出来ました」

と、言われてホッとした。

そこにオランダ人アテンダントがやって来て、オーバーなゼスチャーをしながら、

「私、とても肩が張って頭が痛いのだけど、何かのオイルを塗ってもらえませんか」

と言った。

「いいですよ！」

と答えると、乗務員室に案内され、そこでセラピーを行うことになったのだ。

「少々香りがきついかも知れませんが……」

と断り、筋肉リラックスブレンドとペパーミントオイルを使い、肩と頭に〝ヴァイタ・フレックス〟という古代チベットの技法を行った。終了後、

「なんて気持ちが良い。すっかり良くなりました。どうもありがとう！」

と、飛び切りの笑顔でお礼を言い、喜んでくれた。

生きて日本に帰って来た！

二〇一四年八月十二日。成田空港に到着！　生きて日本の地を踏んだ！

「日本に帰って来たよ~。凄い精神力で頑張ったね！」

私は、かろうじて息をしている武明に向かって言葉を掛けた。すると、驚異の精神力を持って立ち上がり、自力歩行でゲートを出た。

だが、出国前と違い、そこには武明を迎える職場の仲間達は誰も居なかった。点検整備課長のKさんから、職場の皆が迎えてくれるとのメッセージを頂いていたが、お断りした

のだ。有り難くて涙が出るほど嬉しいのだけれど、武明の状態を思うとお断りするしかなかったのだ。

武明は、きっと〝やせ我慢〟をして、〝いい格好〟して無理に笑顔をつくって会話した後、グッタリと倒れこんでしまうのが目に見えているから……。

少しでも気力、体力を温存して、前橋までの四時間余りを耐えなければならないのだ。

空港まで迎えに来てくれたなっちゃんご夫妻のワゴン車に横たわり、長い道のりを決死の覚悟で臨んだ。

私は、武明を抱えるように隣の席に座り、頻回にオイルセラピーを施した。

我が家に戻ってきたが……

東京国分寺市の武明のマンションを引き払い、荷物をかたづけてくれたのは、友人の寻田さんと弟の宏、そしてなっちゃん夫妻の四人。

私の家の近くのハイツの二階に、〝武明の部屋〟が出来上がっていた。

武明は、エクアドルで病気を完治させ、群馬県で働く事を念頭に入れて一人でハイツに入居する事に決めていたのだった。

なっちゃん夫妻に両脇を支えられて、ハイツの階段を一歩一歩自力で登る途中、ふと立ち止まった武明は、なっちゃんに、

「母をよろしくお願いします」

と言ったとか。なっちゃんは、

「お母さんと交代して下さい」

と受け取り、付き添いを私と交代したの

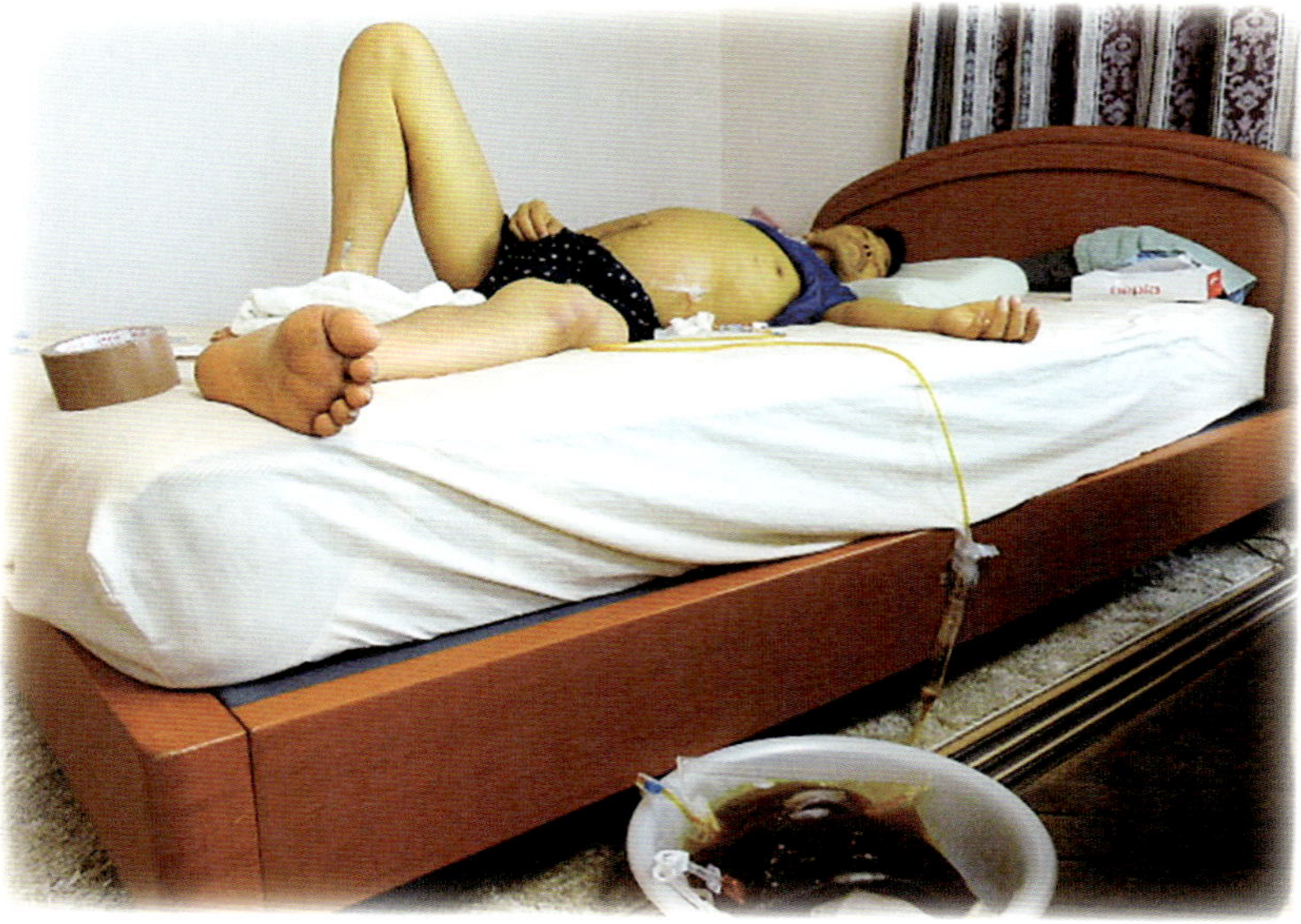

だった。

後日、なっちゃんが私に言った。

「よく考えたらあの時武明さんは、後に残るお母さんを心配して『母を、よろしくお願いします』と、言ったのだと思います」

と、涙を流した。

ベッドに横たわった武明は、

「お母ぁ～、一分たりとも俺の傍を離れないでね！　お母～が傍にいてくれると安心だよ！」

と言う。

私は苦しそうな表情を見逃さず、状態を判断して適切と思うオイルを使用して、セラピーを行った。

「この方法（サーキュラ・マッサージ）と、この方法（ヴァイタ・フレックス）のどちらが気持ちいい？」

と聞くと、

「お母ぁ〜のやってくれるのは、どれも気持ちがいいよ！　一番だよ！」

と言う。

「何といってもお母〜のマッサージは世界で一番なので、お願いします」

と、言われ、昼も夜も必死にセラピーを行った。さすがに疲れて手を抜くと、

「お母ぁ〜、もうやめるの？　せめてあと十分位続けてよ」

とせがまれて、意識を奮い立たせた。

家での看取りを覚悟

翌日、O先生に往診をお願いして、家で看取る事を話した。

先生は「それにしても、よく帰って来られたね〜。それと、この身体にステンを挿入出来る先生は、日本にはいないでしょう。凄い先生です！」と、何度も言って感心していた。

往診の度に武明の経皮動脈血酸素飽和度を測ったが、

「この状態で、九十八パーセントという数値も驚きだ！」

と目を丸くして言った。

そして、取り付けられた酸素吸入用のボンベは不要と判断され、撤収された。

武明が少しでも楽になるようにと、満杯の腹水を抜き、濾過して身体に戻す処置と、点滴注射に毎日来てくれる事になった。

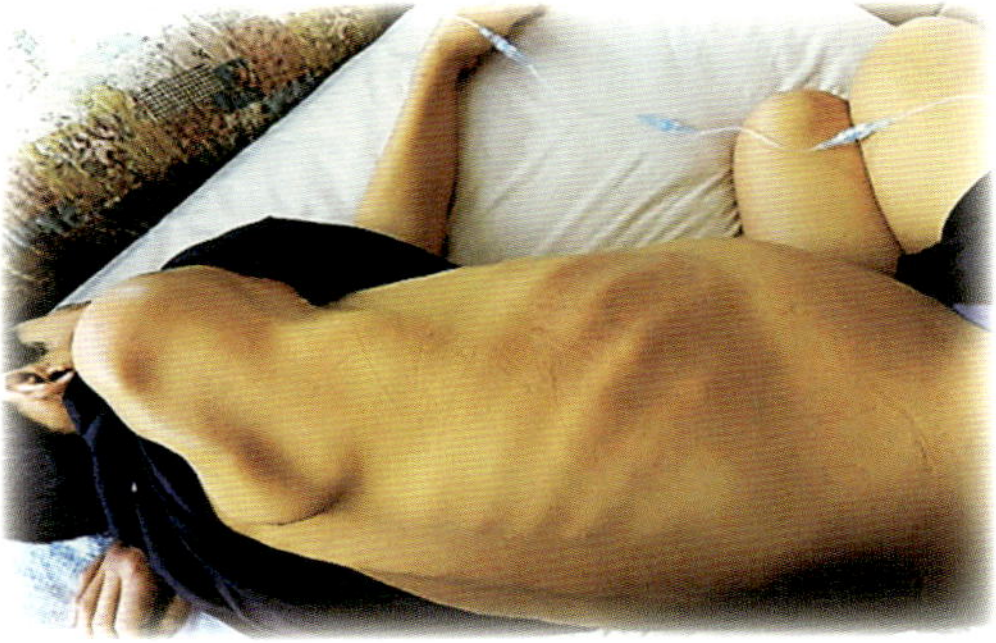

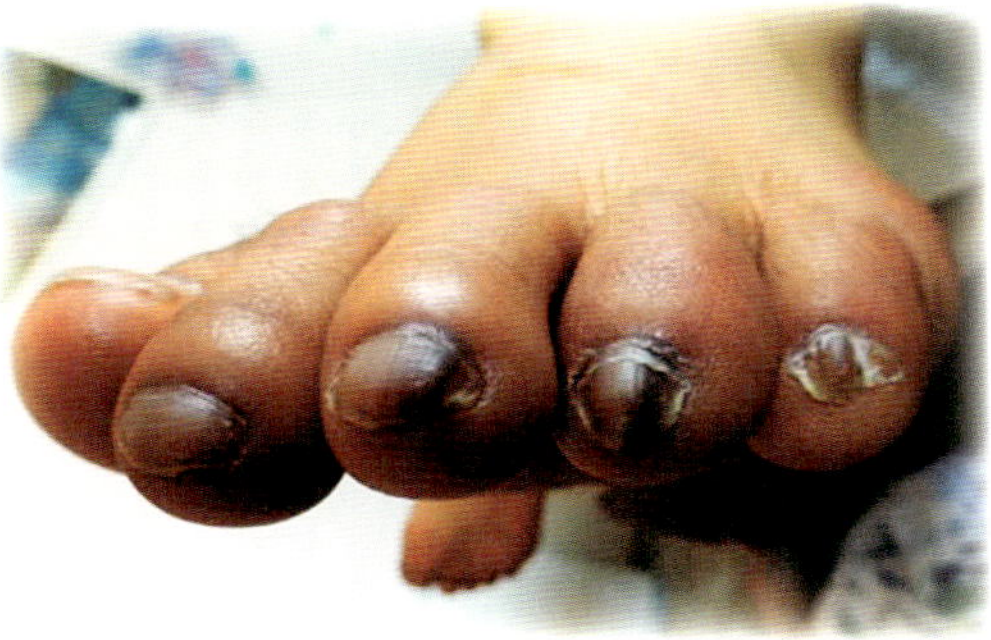

武明は日毎に肋骨が浮き立ち、みるみる痩せてゆく！　お腹は異常に膨らんで、テレビで見るアフリカの飢餓状態の子供みたいだ。手足はパンパンに浮腫み、末梢はチアノーゼで爪が変色してきた。背中には、シーツのシ

ワが判を押したようにクッキリと残り、暗赤色に腫れている。

武明が痛みを訴える度に、私は必死にオイルを塗布した。

その数分後、背中の写真を撮ろうとカメラを向けた時、

「あれ！　発赤がきえている！」

と、目を疑った。「痛みも消えた」と言う。ヘリクリサムオイルの凄さ！　に改めて感動した！

八月十五日

この頃から、

「お母ぁ〜、背中が痛いのでマッサージして！」

と頻回に言うようになった。多分、骨に転移しているかもしれない。肺もかなり広範囲に侵されていると思う。呼吸が苦しそうだ。

パロサント、フランキンセンス、アイダホバルサムファー、ラベンダー、コパイバ等のオイルを順番に塗布してヴァイタ・フレックスをしていると、

「お母ぁ～、これはどこから指令を受けてやってるの？」

と聞く。

発言にショックを受けたが、

「うん、上からの指令だよ！」

と天を指さすと、「ふ～ん」と納得したようにうなずいた。

実は昨日あたりから、武明はスマホの操作が全く分からなくなっていた。

尿閉と便秘で、肌はマスマス黄色くなっ

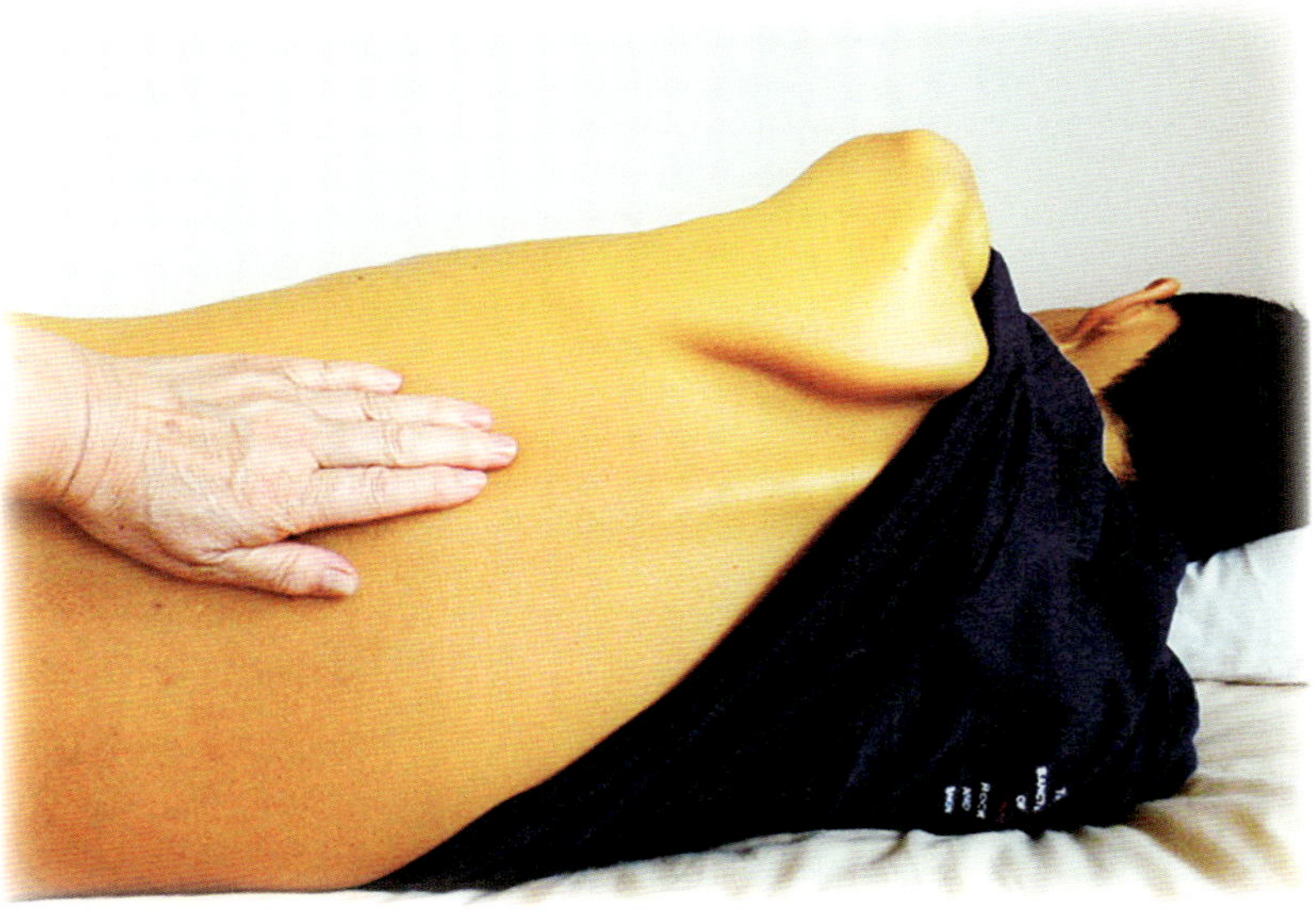

てくる。

今日はお盆の真っ只中

空の彼方から武明の父親の霊がやって来て、息子を連れて行ってしまうのではないかと恐れた。

明日の夕方は盆送り。祈って身構えて、また祈った。気が気ではない。

十七日の朝、武明は連れて行かれず私の傍にいた。

ホッと胸をなでおろした。

驚いたことに、毎日たっぷりオイルを使っている私の手は、赤ちゃんの肌のように瑞々しく、きれいになっている。エッセンシャルオイルが細胞に良いことが、証明された気がする。

幻覚、妄想出現

八月十五日、午前四時十五分。

ベッドに寝ていた武明が突然起き出して、「台所に行く！」と言う。

フラフラと台所に行って冷蔵庫を開け、ぶどうを一房取り出した。

次に氷を入れたコップに水を注いで、またベッドにフラフラ戻った。

夢遊病者のような行動にびっくりした私は、

「やっぱり、寝て食べるのはおいしくないよね！」

と言うと、「うん」とうなずき、ぶどうを五、六粒食べ、氷水を飲んでまた横になった。

「もう少しマッサージして！」

と言うため、セイクレット・フランキンセンスを使って背中に施術していると、

「これはどうやって埋め込んでいるの？　機械を使うの？」

と聞く。そして、突然起き上がり、

「俺も用意しなきゃねっ！　買い物に行かなくちゃね！」

と言う。

だが、すぐに我に返り、

「あっそか～、思い違いだった」

と独り言を言った。


午前六時三十分。

寝ていた武明が苦しそうに喘いで、

「お母ぁ～」

と呼んだ。傍に行くと、

「ここを治すいくつかの物を買ったよね！　それはいつ使うの？」

と言って、腹水でパンパンになったお腹を撫でている。

「何、オイルの事、酸素の事？」

と聞くと、

「そうじゃないよ～。買わなかったんだね。勘違いしちゃった」

と言う。

表現する言葉がないほど、悲しい。

ショック状態に愕然！

午前十時三十分
友人の夛田さんが、私の昼食を持ってお見舞いに来て、机上の処方されたまま未使用の貼付薬を見て、言った。
「なぜこれを使わないの？　医師から処方された薬をあなたの感覚で使わないなんておかしいよ！　苦しんでいるター君が可哀そうだよ！」
「だって痛がってないし、苦しんでもいないよ！　なのになぜ貼付薬を使う必要があるの！」

私はムキになって言った。過去に薬による副作用を三度も経験している私は、薬に対しての恐怖を心に強く抱いていたのだ。

「そう、じゃ〜僕はもうここには来ないよ！」

彼は少しムッとしたように言った。

「どうぞ、お好きなように……」

その時、武明が、敏感に空気を読み、

「お母ぁ〜、お願いだから夛田さんと言い争いをしないで……俺、テープを貼るよ」

と、か細い声を振り絞って言った。

瞬間、私の脳裏に幼い武明が両親の言い争いに、困っている姿が浮かび上がった。私は武明の要望で、仕方なく背中にテープを貼った。夛田さんは、黙って部屋を出て行った。

そして約十分後、何とも言えない喘ぎ声に振り向くと、武明がベット上に飛び起き、頭からバケツの水を被ったかのように、全身がビッショリ濡れている。

(この部屋に水の入ったバケツなどあるはずがないのになぁ)

何が起きたのか理解できず、ボーっと考えていると、(ショック症状だ!!) 突然頭の中で警笛が鳴った。とっさに背中のテープを剥がし、水が滴る身体をタオルで拭いた。

その後、背中や胸にフランキンセンスを塗りまくった。

バルサムファー、ペパーミント、ラベンダーも追加して塗った。

無我夢中で背中を擦って五分ほどすると、頭からしたたり落ちる汗が徐々に引き、呼吸も戻ってきた。

濡れたパジャマを着替えさせていると、

「お母ぁ〜、何をしたの？　魔法をつかったの？　お母ぁ〜は、凄いよ！」

と、武明が言った。

「もしや、武明の父親があの世に連れて行こうとしたのではないか」

と、再び心臓が止まる思いだった。

（絶対に、武明を離したくない！）

こんなにも黄色くなって、浮腫んでいる武明の姿が痛ましい。

消えかかっている命の灯の中で

武明はモウロウとした意識の中で「お母ぁ〜、一分たりとも俺の傍を離れないでね！お母〜が傍にいてくれると安心だよ！」

とうわ言のように言う。

少しでも傍を離れると、

「お母ぁ〜、早く帰ってきてね！ でないと、俺、死んじゃうよ！ お母〜がいるから生きていられるよ！」

と言い、クシャクシャな顔をして泣きだす。まるで、一番可愛かった保育園児の頃みたい。

ある日、

「お母ぁ〜、タケアキ〜と、優しく呼んで！」

と、消え入るように、か細い声で言った。そして、

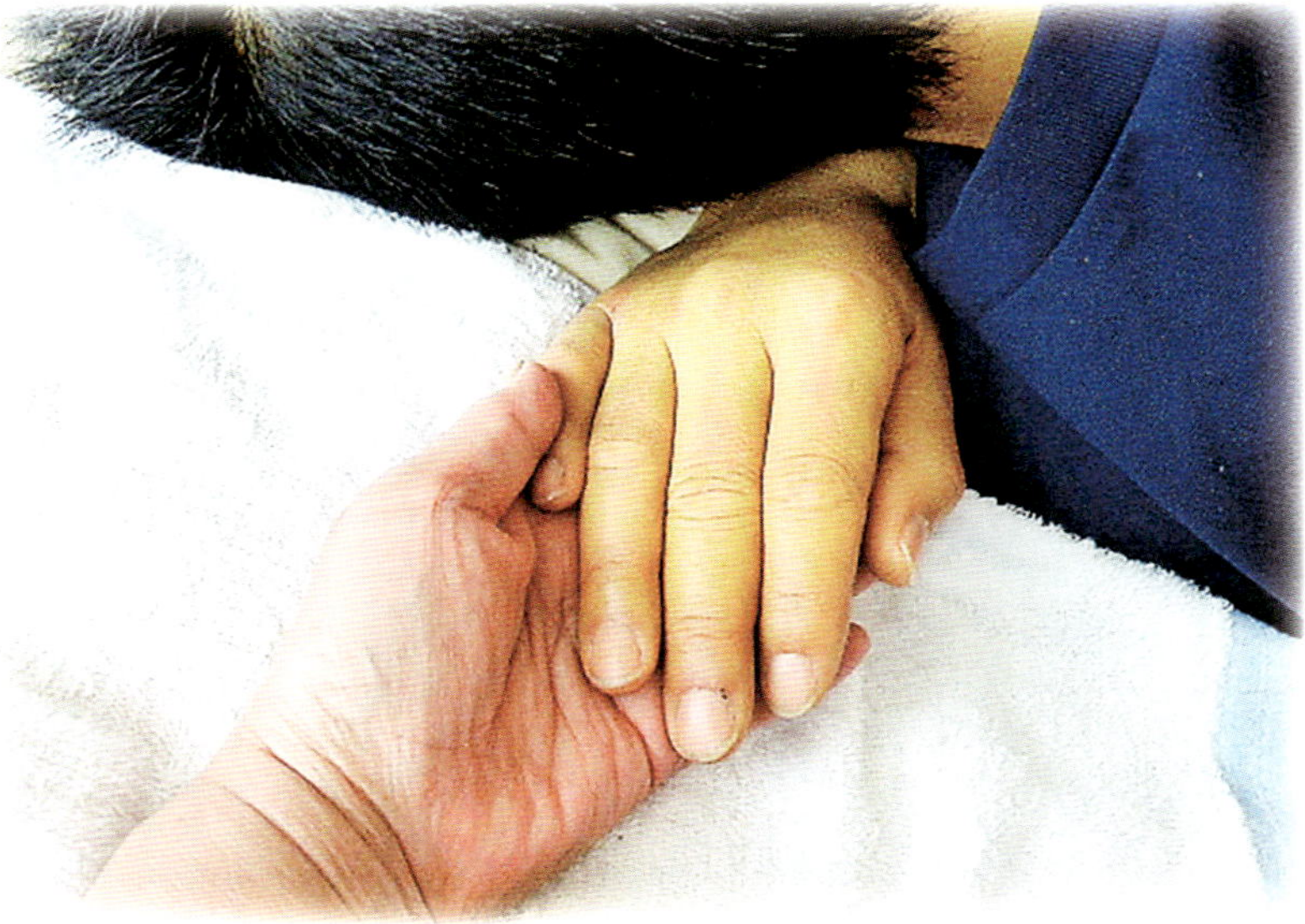

「ごめんね！　お母〜は、語気が強すぎるよね！」

　と続けた。

　ズバリ、私の性格をついていた。

　こんなに、心も身体もズタズタになってしまった息子を、赤ちゃんのように抱きしめてあげたい。優しく抱きしめたい気持ちは溢れるほどあるのに、なぜ堪えてしまうのか！　我が子を抱きしめる事に躊躇する自分が、素直でなくて、情けなくて、気が狂いそう。

　厳しい環境の中を耐え忍び、歯を喰いしばって、生きてきた結果、我慢をすることが美徳と勘違いしてきたのかもしれない。

武明が医師にポツリと言った！

「先生、訪問看護師さんをお願いします」

そうハッキリと言った。

往診に来ていた０医師は、

「どうして？」

と怪訝そうに聞き返した。

「このままでは、母が倒れてしまいます。代わりの看護師さんをお願いします」

と、医師に頭を下げたのだ。

何と、このような苦しい意識の中で、私の身体を心配している。一ヶ月以上も昼夜付きっ切りで付き添う疲労困憊状態の私を見ていたのだ。

「お母さんに代わる看護師なんていないよ！　症状に合わせてすぐに適切なオイルを使って楽にしてくれる。少しだけ研修を受けたとしても、簡単に出来る事ではないよ。お母さんは凄い人です。代わりの看護師はいません」

O医師は、きっぱり言ったのだった。それを聞いて、武明は黙ってしまった。

シャックリが止まらない！

その翌日から、武明はシャックリが出て止まらなくなった。

二日間も連続してヒック、ヒック出続けるシャックリに、私までが体力を奪われてしまいそうで、

「何とか止める方法はありませんか？」

と、医師に聞いた。

「う〜ん、ある胃腸薬が良いと言われているけれど、効かないよ」

と、気の毒そうに言った。

この身体でエクアドルまで行き、帰って来た事自体が奇跡と、誰もが言う。

「もう、一週間も持たないでしょう」

そう言われていた武明。

「絶対に治る、元通りの元気な身体になる……」

まだ、頑なに信じて疑わない私の心。

「何か方法があるはず……」

と、分厚いディスクディファレンスをめくった。

「あった～！」

記述された通りのオイルを使用して、テクニックを行うと、二日間も出続けて止まらなかったシャックリが、ピタッと止まったのだ。そして二度とヒックヒックしなくなった。

「お母～は、やっぱりすごいね！　先生の言ったとおりだよ！」

と武明が言った。

左右の鎖骨下にサイプレスを使用して、ヴァイタフレックを施した後に、しゃっくりがピタッと止まったのだった。

「やっぱりお母～のマッサージは、何と言っても世界で一番なのでお願いします」

そう言われると嬉しくて、睡眠不足など意に介さずセラピーを行った。

医師も幻覚に付き合ってくれた！

やがて武明は幻覚の中で仕事をするようになった。

「ネジはしっかりしめた？　点検、よろしくお願いします」

と言うので、

「はい、すぐに確認いたします」

と答える私。

「もう一度しっかり確認して！」

と武明。

「はい！　了解しました！」

母子でこんな会話が続いた。

またある日は、

「物資は届いている？」

と言う。

「まだです」

と、答えると、首をひねりながら言った。

「おかしいな～。そんなはずないよ。もう一度確認して来て！」

「はい！　了解しました！」

と、私は武明に合わせた。

やがて、

「えっ、また調布かよ～。身体がきつくて、もう動けないよ！」

とか、

「今日も熱が三十八度以上もあるのに、休めないよ、きついな～」

と、苦しそうに言うようになった。

毎日往診に来てくれるO先生も、幻覚の中でも、仕事を気にしている武明に、

「気の毒に……」

と言いながら、

「はい、了解しました。異常ありません！」

と、妄想に付きあってくれた。

「よほど我慢して、仕事をしていたんだね！　可哀そうに」

O先生はポツンと言って顔を曇らせた。

一年ほど前から体調不良を自覚していたものの、栄養ドリンクを買って飲みながら、自分の心身に鞭打って働いていた様子が日記に残されている。

墜落したヘリコプターを不眠不休で修理し、三ヶ月ほどかかる仕事を二ヶ月で仕上げ、終了した途端に倒れてしまったらしい。

こんな状態になっても尚、仕事の事を気にしている息子。

「何故こんな状態になるまで追いやったのか！」

と会社を怨んだ。

だが、もしかしたら、私の責任なのかも知れない。武明が小さい時から「礼儀、思いやり、忍耐、責任感、根性」等を心の奥深くに植え付け、最も大切な自分を大切にする事を教えなかった！　自責の念で、胸をかきむしるしか術がない。

お祖父《じい》ちゃんのところに行かなくちゃ

武明の右腕には点滴針が刺され、昼夜管でつながれている。

そのためパジャマを脱ぎ着するのに時間が掛かり、着替えた後は二人ともヘトヘトになるのが常だった。

「そうだ！　こんな時は、日本の浴衣がよいかもしれない！」そう思い、箪笥の底から私の父親、つまり武明の祖父の浴衣を引っ張り出して武明に掛けてあげた。

するとまもなく武明が、

「お祖父ちゃんの所に行かなくちゃ！」

と言い、ベッド上に起き上がった。

「えっ　何で……」

この浴衣に祖父の魂がこもっていて、可愛い孫の武明を招いたのか！　私は慌てて、浴衣をはぎ取った。

その後、しばらく静かに寝入っていたが、トイレに行くと言って、立ち上がろうとした。

だが、点滴注射の管で繋がれてベッドに寝たきりだった身体は、筋肉がグズグズに崩壊して、立ち上がる事すら出来ず倒れてしまった。

武明は「そんな筈はない……」と、首をかしげて何度も立とうと試みていたが、むなしく倒れ込むばかりだ。

武明の顔が急に歪み「お母～、俺もう逝くよ！」と、涙声で言った。

「……」私は何としても言葉が出ず、何も答えられなかった。


その日の夜、武明はしっかりした口調で言った。

「お母～、ごめんなさい！　ごめんなさい！」

「何が？」と、聞くと、

「親孝行を出来ずに、ごめんなさい！」

「孫を見せてあげられなくて、ごめんなさい！」

と、立て続けに言った。

私は、いったい何と答えれば正解なのか解らず、口ごもった。

「お母さん、タ～ちゃんが大好きだよ～」

口から飛び出したのは、トンチンカンな言葉。武明が保育園児の頃、頻回に口にしていた言葉だった。

そして「タ～ちゃんは？」と、その頃と同じように返事を求めた。

すると武明は、

「好きだよ～～」

間をあけてから、出る限りの声を振り絞って、ハッキリと答えてくれたのだ。

一ヶ月ほど前も同じ会話を投げかけたのに、「お母～、何か勘違いをしているんじゃない

の！　俺はもう幼稚園のガキじゃないんだよ！」

と、憎らしい口を利いたのに。

その時はムッとしたのだが、そのくらい元気があった方がはるかに良かった。

私は、(早く、何か言わなければ！)と思うも、全く言葉が出てこなかった。

頭を駆け巡っているのは、幼い頃の武明の可愛い映像ばかり……。

最後の親子喧嘩

ただ横になって点滴注射をして寝ているだけの毎日に、業を煮やした武明は、いきなり立ち上がって注射針を引き抜いた。

そして、フラフラとベッドに立ち上がった瞬間、真っ白なシーツの上にボタボタと、暗赤色の何かが、こぼれ落ちた。

武明はそれを見た瞬間、顔を歪ませて泣くのを必死に堪えていた。

私は咄嗟に「大丈夫だよ！」と言って、血便を隠すようにシーツをはぎ取った。

また血便が出る事を懸念して、新しいシーツに変えながら、

「ターちゃん、オムツをしようよ！」

と努めて明るく言った。

「ヤダ！」

武明は即、強く拒否した。

だがその直後、取り替えたばかりの白いシーツは、更に多量の下血によって暗赤色に染まったのだ。

「だから、オムツをしてと、言ったでしょう！」

気が動転した私は、ピシャリと武明の尻を軽く叩きながら言った。

その瞬間、ドバッと音を立てて武明の大きな足が、私の胸のど真ん中に飛んできた。不意打ちを食った私はすっ飛ばされて、壁に当たって尻もちをついた。

ハッとした武明が、

「ごめんなさい！　ごめんなさい！」

と手を合わせて土下座した。

「大丈夫、大丈夫！」

と言って、私は血だらけになった周りを必死に拭いた。

武明はどんなにか気まずく、そしてショックを受けていることか。

可哀そうで顔も見られない。

三枚目に変えたシーツの上にグッタリ横たわり、無言で天井を見つめている。


沈黙の後、武明がぼそっと言った。

「お母〜、俺の写真をよく撮っているけど、何かの役にたつの。誰かの役に立つのならいいよ！」

下血した臀部の凄まじい写真を、カメラに収めた事を気付いていたのだ。

「うん、絶対に役に立つようにするよ！」

と、私は答えた。

武明の復活を信じて、その記録を残そうとしていたのだ。

魔の二〇一四年八月二十七日

二〇一四年八月二十六日の朝、多量の吐血と下血が見られたが、すでに正常ではなくなっていた私の頭は、それは癌細胞が溶けて排出されたものと思い込んだ。

一方、多量の下血をした息子を助ける術もない自分を、攻めまくっていた。

土気色になって浮腫んでしまった武明の手を、そっと握っている事しかできない。止めどもなく涙が流れ出て、嗚咽が止まらない。

(武明に心配させたらいけないよ！）と、もう一人の自分が必死に止めるが、制御できず肩が小刻みに震え続ける。

武明は気配を感じ取ってか、何も言わない。

二十七日午前八時、主治医のO先生はクリニックでの診察を始める前に往診してくれ、いつも通り二十四時間の持続点滴を交換して帰った。

そして午後二時半、またしても多量の下血が……。

O医師は、すぐに往診してくれた。

状況を見た医師は、

「痛いだろう。苦しいよね！　痛み止めを貼ろうね！」

と、鎮痛用のテープを袋から取り出しながら言った。

それを見た武明は、

「いいえ、痛くありません！　大丈夫です」

はっきりと断った。一週間ほど前、このテープを貼った後に〝死の淵を見た〟恐怖から何度も断った。

「痛みを無理しなくていいよ！　痛いでしょう。貼ろうよ！」

何も知らない医師が強く言った。

武明は観念したように「ハイ！」と答えたのだ。

医師は私の目の前でテープを貼って帰った。

私は、嫌な胸騒ぎを覚えながらも、（先生が帰ったら、すぐにテープを剥がせばよい）

と思っていたのだ。

そして、医師が玄関を出た瞬間、携帯電話の着信音が鳴った。

弟からだった。

武明の病状についての問い合わせだったため、急いで廊下に出た。

その途端、私の頭の中から、モルヒネテープを剥がすことなどすっかり消え去っていた。

血の海の中で……

電話を切って部屋に戻ると、うつ伏せになって倒れている武明が目に飛び込んだ。

玄関のドアに向かって右手を伸ばし、「お母ぁ～」と叫んでいる姿で息絶えている。

ベッド上は、血の海。

床にもベッドから溢れて落ちた血液が、一面に這っている。

何ということか。時計を見ると十二分もの間、弟と長話をして武明を一人ぼっちにしてしまったのだ。

夢中で、口腔内に詰まった血液をぬぐい、顔面を埋めている多量の血液をバスタオルで拭ってから必死に人工呼吸を行った。

南米の奥地に自生し、死者が蘇るという伝説があるパロサントのオイルを、頭や胸に振りかけ、蘇生を願った。

フランキンセンスオイルを塗布して、必死に人工呼吸を行った。

だが、しかし十分を経過しても、三十分経っても、武明は息を吹き返さない。

頬を叩いても、声を限りに呼んでも全く反応がない。

やっと、やっと、事の重大さを悟って医師に電話をした。

受話器の向こうから「ショック死ですね！」の一言。

「エッ、そんな～、私のたった一人の息子ですよ！」

と叫んだ。

「人間、一度は死ぬのだから……」

（そんな事、百も承知。だけど今の私に言うべき言葉か！　それでも医者か！　人間か

～）心の中で叫んだ。

この世で最も大切な宝を失った瞬間、人は気が狂う事を実感した。

何処のどの医者にも見捨てられ、誰の目にも死を免れられない状態である事を感じられるのに、私だけが絶対に死なないと信じていた。

こんなにも、吐血して、下血して、血の海になったのに、（癌が溶けて出たのだ！）と、勝手に思い込んでいたのだ。

「お母～、一分たりとも俺の傍を離れないでね！　でないと、俺死んじゃうよ！」

武明が言った言葉が、半鐘のように響き渡る。

「あぁ、私が殺してしまった……」自責の念にさいなまされながら、赤ちゃんみたに無邪気な寝顔を、呆然と見つめていた。

二〇一四年八月二十七日、午後九時四十五分。

O医師によって、ついに死亡を確認されてしまった。

それでも私は、生き返る奇跡を願って傍に座り続けていた。

だって世の中には、死を宣告された翌日に生き返った事例もあるのだから……。

O医師は、葬儀の事など全く解らない私に、

「決めている葬儀屋さんがいなければ、とても親切な葬儀屋さんを知っているから、良かったら電話をしてみたら……」

と言って、紹介してくれた。

私は、夢遊病者のようにボーっとして電話をかけ、駆けつけてくれた葬儀社の人に、フラフラと対応したような気がする。

ひっそりと、極々少数の近親者のみで見送る家族葬をお願いしたものの、まだ明日になれば、生き返る奇跡を信じていた。

しかし私の思いとは裏腹に、葬儀屋さんによって準備は粛々と進められた。

奇しくも葬儀屋さんの息子さんは、武明と同い年とか。

思いもよらない告別式

葬儀会場に入って驚いた。

大きな会場の左右には収まり切れない程の花輪が左右に並び、椅子には多くの人が座ってい

た。

葬儀社の人の説明によると、余りにも多数の花輪が届き、参列者が多いために家族葬の会場を急遽変更して、大きな会場に移ったとの事だった。

武明の大きく引き伸ばされた顔写真と、ご住職から頂いた〝青岸翔武居士〟の戒名が祭壇に飾られていた。

もう武明の死を、認識せざるを得ないのか！

山のように積み上げられた、弔電の中から読まれた一通の文章が、呆然自失の私の心の奥深くに染み入った。

○○航空　整備部点検整備課一同様より

イヨクさん、ヘリより高い所にいってしまいましたね！

一緒に点検したときは厳しくもあり、優しくもあったご指導、ありがとうございました。

点検整備のことは、われわれ十一人に任せて、安らかにお眠り下さい。

青岸翔武居士の一連の葬儀が終わった。

参列者をお見送りすべく出口に立つと、一人の青年が目を真っ赤に泣きはらして近づいてきた。

「自分はイヨク先輩に教えを受けた者です。先輩にはもの凄く叱られました！　ものすご〜く、おっかない先輩でしたが、ものすご〜く、優しかったです」

と泣きじゃくった。

そして次々に、武明の先輩、同期、後輩という人達が立ち止まって声をかけてくれた。

県警のトップの方や、こんなに凄い人が……と思われる業界のトップの人達も次々に声をかけ、一礼をして会場を出た。

そしてお棺を載せたストレッチャーが火葬場に向

かって進んで来た時、大勢の見送りの人達の前で急に止まってしまった。

二人の職員が、必死に引いても押しても全く動かない！

会場が一斉にどよめき、「イヨクが逝きたくないと、抵抗をしている！」と、誰かが言った。

不思議な事に暫らくすると、車はスムースに動き出して火葬場に向かった。

武明は、仲間達一人一人に最後のお別れを言いたかったのだろうか。

車が動かなくなったことなど、過去に一度もなかったという。

追憶

藁にも縋る思いだった……。

癌と診断された人の家族に、〝高額な商品を売りつける人達が群がる〟と聞いた事があるが、気が付けば私もまさにその中の一人。

たとえ、迷信と頭の奥底で思っていても、我が子を助けたい一心で縋り付く。

家の中には、高額な磁気製品や数種類のサプリメントが転がっている。

捨てようにも高額であったため、捨てきれずに冷蔵庫や押し入れに眠っているが、サプリメントはもうすでに賞味期限が切れている。

意を決して捨てねばならないが、未だに整理出来ないでいる。


子供に先立たれることが、これほど悲しくて辛いとは……体験して初めて身に染みた。

涙が枯れ果てた後は、吐き気を伴った頭痛に襲われる。

時は悲しみを忘れさせてはくれない！　薄らげてもくれない！

それどころか徐々に身体の奥深くまで浸透して心臓の中心部にまで達し、全身の各器官に強烈なダメージを放出するのだ！

不眠、食欲不振が続き、認知症かと思うほど短期記憶が出来なくなり、物事をすぐに忘れる。一夜にして髪が白くなり、歯がガタガタになってしまった。

免疫力が低下し口腔内にヘルペスが出来、その痛みのため、発語もままならない。

激しい眩暈がして何度か倒れたが、血圧を測ることすら思い浮かばない。

そして一年後、思い立って血圧を測ったところ二四六‐一三二の数値を示した。

（そんなはずはない！）何度も計りなおしたが、大差はなかった。

仕方なく、受診して降圧剤を服用したが、全く変化なし。それどころか、副作用に苦しむ羽目になってしまった。

エッセンシャルオイルで感情の解放と言うが、そうそう簡単に子供を失った悲しみから解放されるものではない！

だが、息が止まるような心臓の痛みを和らげ、錐で突き刺されるような頭の痛みを消してくれ、大いに助けられたのも事実だ。

放流した魚

三匹の犬を連れて散歩をする度に、突然悲しみのスコールに襲われ、嗚咽が爆発する。驚いた愛犬達が何事かと一斉に振り向き、私の泣き顔を見て彼らもまた、悲しそうに目を伏せて歩く。

エクアドルに渡る二日前、この川に十匹のニジマスを放流したのだった。

釣りを趣味としていた武明に、

「食べられる寸前の生きている魚を川に放流し、その魚が一匹でも生き延びたなら、武明は助かる事が出来る」

有能なヒーラーがそう言ったと、友人の綾子さんが電話で知らせてくれた。

「そんな事が、有り得るのだろうか！」疑いつつも「武明が助かるのなら」と、早速釣り堀でニジマスを十匹買い求めてこの川に流したのだった。

武明が逝ってから二年の歳月が

流れ、もうすぐ三回忌になるが、桃の木川は昔と変わらず、淡々と流れている。

武明が中学生になった夏休みの早朝、このサイクリング・ロードを二人で自転車を走らせた。最終地点の伊勢崎まで向かい風を受けながら、ひたすら自転車のペダルを踏み続けた。

家庭の中が真っ暗な日常生活の中で、武明と私が声を出して心から笑い合える貴重な時間帯だった。

ほとばしる汗は、心の中に重く沈んだモヤモヤを洗い流して、新しい一日を頑張り抜くための活力剤だった！

両親が不仲のために、武明まで泥沼に引き込んでしまって本当にごめんなさい。

三十年の時を経て浮かび上がった真実

八月のカレンダーも残り少なくなったある日、市役所の入り口で武明の中学校の同級生と名乗る男性に出会った。

彼は私に、記憶の紐をたどり寄せて言った。

「イヨクのお母さんですよね！」

そして、頭を深々と下げながら、三十年前に起きた衝撃の事件を告白したのだ。

武明が中学校二年生になった時、所属していた柔道部の部員によって凄惨な暴力を受けて、気絶した事があったとか。

集団で暴力を加えた彼は罪の意識に悩み、物陰から倒れたまま動かない武明を震えながら見守っていたとの事。

数十分後、武明は奇跡的に息を吹き返し、ヨロヨロと立ち上がったため、ほっとしてその場を去ったものの、以後ずっと罪の意識にさいなまされていたという。

それを聞いた私は、身が凍り付き、後悔の念で震えが止まらなかった。

当時、中学校に新設された剣道部の顧問に決まった私は、柔道部に入っていた武明に、

「退部して剣道部に入るように」

と、強く勧めたのだ。

命令とも言える私の要望に従った武明は、柔道部を退部する条件として、部員から制裁を受けてしまったのだ。

そう言えば、

「お母～、俺、今日、柔道部を辞めてきたよ！　皆からの制裁を黙って受けたよ！　でも、もう終わったから大丈夫、これで剣道部に入れるよ！」

と言っていた。私は、さして重大な事とは受け止めず、「ふ～ん」と聞き流したのだが、言い知れぬ胸騒ぎが吹き抜けた事を思い出した。

そうか、そうだったのか……。胸騒ぎの原因が今、はっきり分かった。

息子が家を離れる前夜に言った言葉

武明が航空専門学校に入学するために家を離れる前夜、今まで秘めていた胸の内を明かしてくれた。


「俺は、お母～を残して、自分だけが好きな道に進んで良いのか悩んでいる。

俺がこの家を出て行ったら、お母～を守る人がいなくなるのでもの凄く心配。

お母～は、俺が小さい時からどんな思いをして毎日を過ごしてきたと思う？

俺の苦しみなんか、分からなかったよね！

お母～が、あいつに殴られているのを見る度、辛かった！

俺が殴られた方が、どんなに楽かしれない！

しかも、身を寄せ合う兄弟はいない。たった一人で恐怖に震えていたんだよ！

中学生になった頃、あいつの暴力からお母～を守るため、ひそかに体を鍛えていたんだ。

小さい頃は、暴力を振るうあいつを止めに入ると、すっ飛ばされてしまったからネ！

お母〜、あの事件を覚えている？　夜中にアイツが大暴れして、二階まで凄い怒鳴り声が聞こえてきた。慌てて二階から駆け降りてきたら、アイツが鬼の形相で、お母〜の首を絞めつけていた。

俺は咄嗟にアイツの胸倉を押さえつけて、ぶん殴った！

そして壁際に追い詰め、殺してやろうかと思った！

その時、お母〜は、何と言った？

『警察を呼ぶよ！』と言って、俺を止めたよね！

その言葉が俺にとって、どの位ショックだったか……。

お母〜は、アイツを守って俺を警察に引き渡そうとしたんだよね！」

「エッ　違う、違うよ！」

私は可愛い大事な我が子を、父親殺しの罪人にさせたくなかった！　その一念で、必死に止めに入ったのに……。

知らなかった！　武明は、私に裏切られたという悲しい思いをずっと抱き続けていたとは……。

そして県外の航空専門学校に入学するために家を出る朝、

「お母～、何かあったらすぐに警察に電話してね！　でないと、俺は安心してこの家を出ていけないし、勉強も出来ないよ！」

「大丈夫、そうするから安心して！」

私は小声で返事をしたのだった。

私は「武明が無事に学校を卒業し、希望の航空会社に入社するまでは何としても頑張る……」そう決心し、些細なことで逆上する夫の暴力に耐えていたのだ。

「親である以上、子供が成人するまでは絶対に責任を持つ。社会に出てからの一年間は見守ってやる事」

これが私の信条、信念だった。

数日後、武明の居なくなった部屋を掃除し、押し入れを開けたところ、奥の方から金属バットや鉄アレイが出てきた。

〝金属バット殺人事件〟を思い出し、血の気が引いた。

武明は卒業後、念願の航空会社に入社した。

そして、穂高連峰で物資輸送の作業中、事故に遭遇したという。

急な突風で簡易トイレが吹き飛ばされ、鉄の塊が先輩の頭を直撃する寸前、我が身を呈して先輩に覆いかぶさったのだとか。

先輩は無事だったが、武明はアキレス腱断裂の大怪我を負い、暫らく家に帰って療養していた。

その間は、まるで子供に戻ったように「お母ぁ～、お母～」と付きまとい、ギブスで固めた右足を浮かせて全身の重みを私の肩にかけ、ピョンピョン歩いて喜んでいた。その重さと言ったら、頭の芯が痛くなるほどきつかったが、武明が残してくれた貴重な思い出となって体に浸み込んでいる。

それから一年後、私は夫の暴力によって命の危険にさらされたため、着の身、着のままで家を出たのだ。

私が家を出た事を知った武明は、安い給料の中から貯金していたのか、五十万円を送ってくれたのだ。

でも、こんな尊い大切なお金を使えるはずがない。

いつか武明の結婚式に役立てようと貯金していたが、天国に送るためのお金になってしまった。

武明は私の守護神だった

思えば私は、ずっと武明の庇護を受けて生きてきた気がする。

凄まじい暴力を振るう父親の前に、小さな両手を広げて立ちふさがり、「パパやめて～」と叫んで〝通せんぼ〟してくれたのは保育園の時だった。

小学校低学年の時は、泣いている私の背中に手を当てて、

「ボクが大人になったら、あいつを牢屋に閉じ込めて、お母ぁシャンを虐めないようにし

てあげるからね！」

　と言って慰めてくれた。

「ボクが大きくなったら、お母～シャンに、好きな事をいっぱいさせてあげるからネ！剣道もお絵かきも、いっぱいしていいよ！」

　とも言った。

　私も精神と肉体を鍛えようと、夫が趣味の稽古で出掛けた時間を、剣道の稽古に当てていた。気ままな夫が稽古を休み、しょげていると、

「ボクがパパの子守をしているから、お母～シャンは剣道に行っていいよ！」

　と必死に慰めてくれた。

　だが、小学校高学年になった頃から、母親ベッタリではなくなり、中高生になると、何かと反抗して母子喧嘩をする事も度々あった。そんな中でも、暴力を振るう父親からは、常に守っていてくれた。

　武明が高校生の時、私の運転する車がグループツーリングの一人のライダーと接触した。ゾロゾロとバイクを降りて来た数人の若者に取り囲まれた時、すかさず武明が私を庇いな

がら、

「すみません。申し訳ありません」

と深く頭を下げ、

「お母～も、謝って！」

と、動転している私を促した。幸い相手に怪我はなくバイクも無傷であったため、彼らは「チッ」と、舌打ちをして走り去った。

どちらが親なのか解らない！

それなのに私は、武明に対して口うるさい言葉ばっかり言っていた。

掃除はキチンとしなさい！　衣服はしっかり畳んで引き出しに入れる事。

人の前を通るときは「失礼します」と言って、礼をして通りなさい。

人に迷惑をかけてはいけない。弱いものを虐めてはいけない。

辛いことがあっても我慢する。へこたれない。

自分のことは自分で責任を持って行う。等々口うるさく言うのは、一人っ子の武明が、しっかりと一人で生きて行けるようにとの、浅はかな思いから……。

でも、心を鬼にして〝千尋の谷〟に突き落とす必要がどこにあったのだろうか！

突然連絡を絶った理由

私が家を出てから間もなく、元夫は再婚したものの三ヶ月後に離婚し、多額の借金を負ったという。そしてやり場のない気持ちのはけ口として、毎日武明に電話をかけて、愚痴を繰り返していたとの事。私に危害が及ぶことを懸念した武明は、私と連絡を絶つことを決心したのだ。

「アイツの多額の借金が、お母～に降りかかっては大変！　俺とお母～が、連絡を取り合っている事を知ったら、彼奴《きゃつ》は必ずお母～の居場所を突き止める。お山のお祖父ちゃんや、章叔父さん達にも被害が及ぶ。だから全ての人達とキッパリ縁を切る」

歯を食いしばって連絡を絶ったのだと、日記に記されていた。

武明が高校三年の時、元夫が暴れて武明に暴力を振るった事があった。

私は、武明を連れて家を出た。小さなアパートを借りて住み、取りあえず食堂の皿洗いの職を得て働き始めた。

その四日後、武明が血相を変えて帰って来た。

「お母～、今日は恐ろしい事があったよ！　彼奴が高校の門の所で、俺を待ち伏せしていた！　俺の跡を付ければ俺達の住処が解ると思っているんだよ！　恐ろしくて震えが来たよ。彼奴に見つかるのは時間の問題と思ったので、俺が電話して謝り、家に帰る事を伝えたよ。今まで以上に、お母～を守るから家に帰ろうよ！」と懇願した。

武明はその時の壮絶な経験から、母親を守るためには縁を切る必要があると、思ったのかもしれない。

元夫は二度目の妻と離婚後入院し、武明は面倒を見るために忙しい仕事の合間を縫って前橋と東京を往復していたのだ。

そして元夫は、多額の借金を残したまま入院先の病院で死亡したとの事。

葬儀を済ませ、残された借金も「お母～に心配をかけたくない」と、武明はたった一人で完済していたとは……。

鼠の住処になるほど古いボロアパートに住み、友達に「こんなボロ車に乗っていたら彼女も出来ないよ！」と言われながら、歯を喰いしばって給料を借金の返済に当てていたとは……。

数年後、父親の問題を全て解決し、ボロアパートを出て、こぢんまりしたマンションに移り住み、憧れの車に乗りかえた。

会社では責任ある立場になり、更に資格のランクアップのための勉強をしていた。母親が住む群馬県に就職する事を目的としていたのだ。

この上なく悲しいのは、血の滲むような努力をして念願がかなった時、末期の癌を告げられようとは……。


会社から送られてきた数個の段ボール箱に詰められた、多くの専門書やノート。

猛勉強の痕跡が悲しい。中でも、私の心を鋭く抉ったのが、ピンクのリボンがかけられたB５の茶封筒の中身。それは、過去に私が送った手紙の全てだった。

小包の中に入れて送った走り書きのメモまでもが、しっかり皺を伸ばして収められていた。手紙を出しても、荷物を送っても〝ナシのツブテ〟で、親不孝者と怨んだ自分が情けない。

狂おしく自分を責め、号泣した。

武明からのメッセージ

武明は、天国から二人の霊媒師にメッセージを伝えてくれた。

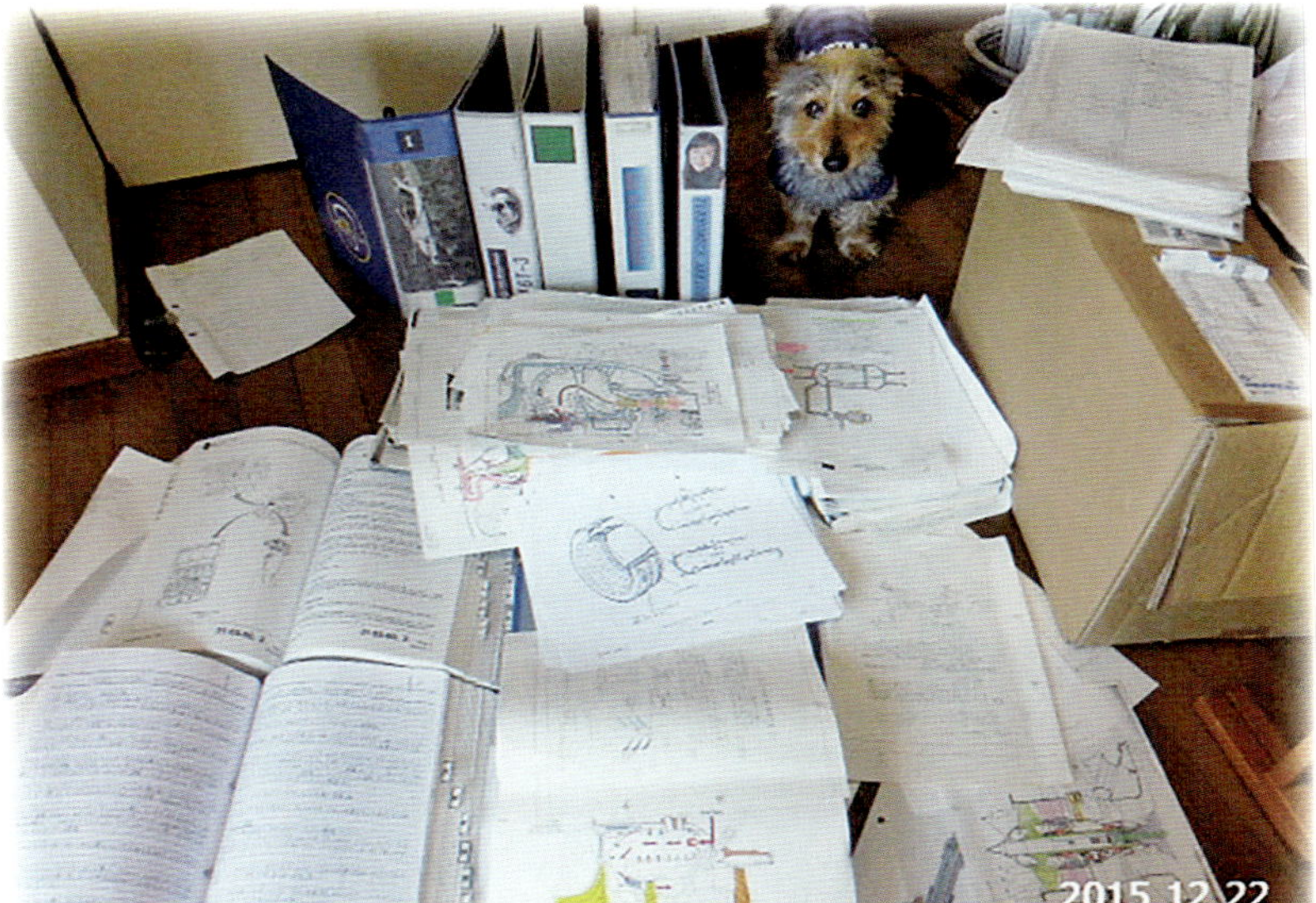

富山県の玲華さんに送ったメッセージ

ボクは、お母～を守るために、この世に生まれてきたんだよ！
もう守る必要がなくなったので、光の国に帰ります。
でも、いつもお母～を見守り、一緒に行動しています。

神奈川県の光香さんに送ったメッセージ

オイルを持っているお母～が、大好きだよ。良い香りだった！
お母～と、もっと一緒にいて一緒に人を助けたいと強く思っていた。
でも、気が付いたら別の世界にいたよ。
ボクは今、病気の無い世界に来ています。
お母～が、一人で多くの人を助けるのには限界がある！
これからは、ボクが遠くからお母～を、サポートしていくよ。
でもその前にお母～は、少し休んでほしい。休息が必要。頑張り過ぎ！
病める人をオイルで、救う事が出来るかもしれない……。

お母〜には、その知識と情報を伝えていく役目があるよ。

人の力や、オイルの力ではどうにも出来ない事もあるけれど、良い事も悪い事も、魂の思いに繋がっていくことを知ってもらいたい。

良い結果だけでなく、悪いことも伝えていくけれど、それが本当に悪い事とは限らない……。そういう事を、寄り添いながら伝えていく人が必要。

二人でならやれる。

お互いに経験を積んだからネ……。

三回忌法要

二〇一六年七月三十日。

早朝五時、犬の吠え声に混じって、けたたましく縁側のガラス戸を叩く音で目が覚めた。

こんなに朝早く誰が来たのかと、飛び起きてカーテンを開けると若い男性が立っていた。男性は、何度も頭を下げながら言った。

「朝早くすみません！　私はT航空の川田と言うものです。今日はイヨクさんの三回忌と聞いて、どうしてもお参りしたくて飛んできました」

聞くと、長野県を午前三時過ぎに出発して飛んできたとのこと。

「ボクはイヨクさんより年上ですが、同期でした。彼には、いろいろの場面でとても助けられました。本当に優しい人でした。仕事の都合で、お葬式も一周忌も参加することが出来なかったため、今回こそはと、飛んできたのです」

飾られた遺影に長い間手を合わせると、

「これから仕事に入らねばならないので失礼します」

と急いで帰って行った。

法要開始

午前十一時。青岸翔武居士（武明）の法要がはじまった。この日も遠くから多くの仲間達が参列してくれた。同期生、先輩、後輩、パイロットの皆さんが忙しい仕事の工面をして駆けつけてくれたのだ。

その後の食事会では仲間達が、武明との思い出、エピソードを語ってくれた。

「イヨク先輩には、仕事の件でヘマをすると物凄く叱られました。でも、ものすごく優しかったです。物凄く怒られたお陰で、自分は今年、教官になれました。これからは先輩に教えてもらった事を、しっかりと生徒に教えていきます」

お葬式の時、泣いて私の所に来てくれた武明の後輩が、そう報告してくれた。

武明自身も、「人命に係わる仕事だ！」と教官から厳しく教育され、泣きながら耐えてきたのだ。

遠い仙台から真っ赤なポルシェを運転し、少し遅れて駆けつけてくれたダンディなパイロットSさんは、

「イヨク君が整備したヘリは、安心して操縦することが出来ました。惜しい人物を亡くしました」

と、涙ながらに話してくれた。

法要開始

全員が武明との思い出話に花を咲かせてくれ、「七回忌も絶対にきます！」と声を大にして言ってくれた。

ご住職は、

「三回忌にこんなに多くの人が参列してくれることは、まずありません。武明さんが、皆さんに慕われていた事が良く解ります。武明さんは、皆さんに『くれぐれも無理をしないよう、身体に気を付けてください』と、言っていますよ！」

と言ってくれた。

私は改めて、武明が本当に素晴らしい仲間達に恵まれた事を喜び、心から感謝した。

エピローグ

幼稚園のころから、何故か紫色が大好きだった武明。

社会に巣立ってしまった息子は、もう二度と私のもとに戻ってくる事はないと、諦めていた。

だが末期癌と宣告されて職場を去り、私の許に戻ってきてくれたのだ。

お世話になった人達に「心ばかりのお礼を……」と、考えたのだろうか。

一人で愛車を運転して「買い物に行ってきます」と、玄関を出て行った。
赤城山方面へ向かったらしい。
道すがら、この紫色の花を見つけて買い求め、私に贈ってくれた。
ノボタンの名があるが、〝武明の花〟として今、大切に、大切に育てている。
今年も見事に美しく咲いてくれてありがとう。

おわりに

フォーギブネス

「憎しみは、心に毒素を発生させて、決して人を幸せにしない。人を憎むより、許した方がどのくらい楽に生きられるか知れない！」

オイル会社の創立者Dr・Gさんがそう教えてくれたが、その通りだとやっと納得出来た。

「この身に降りかかる全ての出来事は必然であり、神はその人が乗り越えられない苦労を与えはしない」

よく聞くこの言葉も、まさに実感！

「武明は、私を助けるために子供として生まれてきた！」と、霊媒師から伝えられたが、この言葉も、今思えば震えがくるほど身に染みる。当たっている。

「自殺結婚」と称し、「子供は決して作るまい」と固く心に決め、目を閉じて飛び込んだ結婚だった。

だが、細心の注意を払って避妊していたにもかかわらず、身ごもったのだ。

彼奴の子供なんて絶対に欲しくないと、飛び跳ねたり、重い荷物を持ったりと、流産する事を試みたが無駄だった。

そして出産予定日の前日、私は風邪をこじらせて呼吸困難を生じ、大学病院に救急搬送された。

私の周りを囲んだ医師団は、

「今日は、これで三人目だな～。前のクランケ二人も、親子共々ステルベンしたが、このクランケも同じだな！」

と言い合っていた。

彼らは私がドイツ語を理解できないだろうと、気を許していたのだろう。

私は（えっ、親子共々死ぬなんて、私の望むところ！）と、内心喜んだ。

だが二人とも生きてしまい、以後、私は常に武明に助けられていた。

かつてはあれほど毛嫌いし、憎み続けた元夫。でもその人は、この世でたった一人の愛おしい武明の父親。

この人がいなければ、愛する武明も存在しなかった事に気が付いた。

長い年月を経て、武明が（許しと感謝）を教えてくれたのだ。

武明と再会できる日まで、全ての出来事を受け入れ、出会いに感謝して精一杯生きようと思う。

私に手を差し伸べ、助けて下さった多くの皆様に、心より感謝を致します。

（了）

著者プロフィール
天宮 遥子（あめのみや ようこ）
群馬県在住。〝総合療法〟と〝オイルセミナー〟を行っている。度重なる交通事故と子宮、卵巣の全摘出手術による二重の後遺症に苦しんでいたとき、エッセンシャルオイルに出合う。
人生を変えるほどの感動体験を機に、2002年アメリカでのエッセンシャルオイル・セミナーに参加。13年連続して参加し、多くのDr.の講義を受ける。
既刊書『ヘンリー物語』（2018年　文芸社）

ヘリコプターよりも
高く遠くに飛んでいった　たけあき

2019年8月15日　初版第1刷発行

著　者　天宮 遥子
発行者　瓜谷 綱延
発行所　株式会社文芸社
〒160-0022　東京都新宿区新宿1－10－1
電話　03-5369-3060（代表）
03-5369-2299（販売）

印刷所　図書印刷株式会社

©Yoko Amenomiya 2019 Printed in Japan
乱丁本・落丁本はお手数ですが小社販売部宛にお送りください。

送料小社負担にてお取り替えいたします。

本書の一部、あるいは全部を無断で複写・複製・転載・放映、データ配信することは、法律で認められた場合を除き、著作権の侵害となります。

ISBN978-4-286-20587-8